AMOR DURADERO EN ÉXTASIS

MIRYAM M. ROCHE

AMOR DURADERO EN ÉXTASIS

MANCHESTER PUBLISHING INC.
HONOLULU

AMOR DURADERO EN ÉXTASIS

Manchester Publishing Inc.
300 Wai Nani Way, Suite 2311
Honolulu, Hawaii 96815
Teléfono: 1-808-237-9784
e-mail: manchesterpublishing@yahoo.com
www.manchesterpublishing.com,
www.manchesterpublishingbooks.com

Primera edición: octubre, 2014

Impreso en los Estados Unidos de América
Printed in the United States of America

Library of Congress Control Number: 2014917881

ISBN 978-1-940273-69-3
E-book ISBN 978-1-940273-56-3

Dedico esta historia de amor a todos
mis lectores y enamorados

AGRADECIMIENTOS

Expreso mi gratitud a mi familia, amigos, y a todos los
enamorados que me inspiraron y motivaron
a escribir este libro.

BIOGRAFÍA DE LA AUTORA

Miryam M. Roche es Licenciada en Lengua y Literatura Inglesa y Francesa con Magíster en cada una de la Universidad de Hawai, en los Estados Unidos. Además, es Licenciada en filosofía de la misma universidad. También, es licenciada en psicología con Magíster y Doctorado en Psicología Clínica de la Universidad de Cambridge, Inglaterra. La escritora nació en Chillán, Chile y ahora vive en Honolulu, Hawai, en los Estados Unidos y Santiago de Chile.

CONTENIDO

INTRODUCCIÓN

Amor Duradero En Éxtasis es la mejor novela sobre el compromiso de noviazgo feliz y duradero que mantiene el amor de pareja a través de las cuatro etapas del amor de pareja que comienza con el flechazo a primera vista y sigue con la amistad, la intimidad, y va hasta el compromiso del matrimonio adonde ambos miembros en una pareja mantiene la energía, interés, pasión, amor, motivación, ilusión, gestos de ternura, respeto, admiración, se conocen, y se aceptan incondicionalmente. Así, cada día la relación de pareja se fortalece y se nutre y no se convierte en una rutina aburrida. Esta novela les enseñará que la pasión de la primera etapa del amor de pareja no es suficiente para disfrutar la etapa del compromiso y mantener una relación amorosa, pues es necesario que ambos en una pareja cultiven la pasión, deseo, se respeten, y mantengan el interés el uno por el otro a través del tiempo, etc. Por eso, esta novela los guiará a cómo distinguir las señales que una relación amorosa puede seguir adelante, crecer, y transformarse en una relación amorosa duradera o puede fracasar. Así podrán encontrar a la persona quien los haga feliz. Al principio en la novela, la pasión atrapa a los enamorados y se sienten irresistible el uno por el otro y continua creciendo durante las cuatro etapas del enamoramiento hasta que se convierte en amor duradero. Por eso, esta novela puede ayudar a los adolescentes, padres, profesores, recién casados, y a todas las parejas casadas y solteras a disfrutar del amor romántico feliz y duradero.

¿Por qué algunas relaciones amorosas funcionan y se transforman en relaciones amorosas duraderas mientras otras fracasan?

Esta historia de amor les enseñará como la atracción inicial en una relación amorosa puede ser la base de una relación amorosa duradera si los dos miembros en una pareja contribuyen al crecimiento de la pasión, deseo, y interés del uno por el otro. A través de la novela, la pareja de enamorados se desean, se interesan el uno por el otro, se motivan a hacer lo mejor de ellos, se quieren, se respetan, se tratan con amor, y se aceptan incondicionalmente con sus buenas y malas cualidades y no como ellos se idealizaban el uno al otro en la primera etapa del enamoramiento.

De acuerdo a muchos estudios psicológicos, la primera etapa en una relación amorosa puede terminar como un simple enamoramiento o puede continuar y transformarse en amor duradero. Muchas veces, la atracción y deseo de ganarse a la persona deseada es irresistible al comienzo de un romance, pues estimula nuestro impulso animal de satisfacer nuestro instinto sexual de acuerdo al psicólogo Sigmund Freud. Pero muchas parejas fracasan después de un tiempo cuando los miembros de la pareja comienzan a verse tal como son sin pretensiones y se dan cuenta que no son compatibles y por eso no se soportan. Eso hace que la atracción irresistible desaparezca. Esta novela demuestra que la pasión no es suficiente para mantener una relación amorosa, pues es necesario que ambos en una pareja cultiven la pasión, deseo, y interés el uno por el otro a través del tiempo. A veces, uno de la pareja pierde el interés en el otro y sigue en la búsqueda de otra relación amorosa.

A través de la novela, la pareja enamorada, se besan, se

dicen palabras amorosas, tienen conversaciones estimulantes, se respetan, se valoran, se admiran, y se confían. Además, ellos se comunican sus necesidades y deseos sin problemas. Así, ellos hacen florecer su amor de pareja. Ellos no se controlan el uno al otro a través de los celos. La pareja disfruta el nacimiento de su hijo, George, y eso los une más como pareja. Ellos son adultos, por eso, ellos toman la responsabilidad de padres y le dan cariño y lo mejor a su hijo quien crece feliz. Por su puesto, a veces la pareja tiene problemas, pero el amor de pareja es tan profundo que tiene el poder de sobrepasar cualquier problema. Así, ellos son más felices cada día. Por eso, ellos mantienen una relación amorosa duradera que los llena de felicidad. Ellos no reducen su pasión inicial por la monotonía y falta de motivación, pues los dos mantienen el interés el uno por el otro y así crece su relación de pareja cada día.

De acuerdo a muchos psicólogos clínicos, muchas parejas fracasan y se separan porque después de las primeras etapas del enamoramiento, uno de ellos pierde el interés por el otro, no se tratan con cariño, se critican, usan sarcasmo, no se respetan, o simplemente se aburren con la rutina, etc. Pero esta novela sugiere que si las parejas mantienen la energía del inicio del romance y cultivan la pasión, el deseo, se respetan, y se interesan el uno por el otro, el amor entre la pareja sigue creciendo y se transforma en amor duradero con el poder de sobrepasar cualquier dificultad.

Amor Duradero En Éxtasis es la historia de amor del joven, atractivo, y multimillonario periodista Alexander Winston, quien nunca se ha enamorado hasta que conoce a la joven rubia, atractiva, y sexy Victoria Lennox en el canal de televisión y él siente el flechazo del amor a primera vista. Ella es la mujer ideal para él, pero un poco arrogante y finge que no le reciproca su amor para no sufrir del mar de amor hasta que él la invita a cenar con él y ella lo encuentra irresistible. Pronto, ella se deja seducir por él. Después de un tiempo, ellos comienzan su apasionado romance que los llena de felicidad. Por fin, justo la madrugada siguiente que él le propone matrimonio y ella acepta, Victoria desaparece. Secuestrada, ella no sabe si volverá a ver al hombre que ama mientras él la busca por todas partes hasta que un día ella aparece, pero él no la reconoce. Pero luego, la reconoce y otra vez no puede resistir su pasión y obsesión por ella. Ellos se reconcilian, se casan, y se van de luna de miel a Honolulu, Hawai. En Hawai, los recién casados piensan que todo es perfecto mientras disfrutan las playas paradisíacas con sus aguas azules verdosas cristalinas y un crucero, pero inesperadamente, un tiburón ataca a Alexander. ¿Sobrevivirá Alexander la tragedia y seguirán siendo felices?

Esta obra literaria demuestra como el amor romántico a primera vista puede llegar a transformarse en amor romántico duradero que llena de felicidad a las parejas. A través de la novela, los enamorados nunca se insultan o usan sarcasmo, sino que usan palabras amorosas y se seducen y conquistan cada día. El romance de los enamorados comienza con mucha energía y a medida que continúan su romance, ellos se siguen conquistándose y interesándose más el uno por el otro. En la novela, la pareja hace un esfuerzo por mantener la energía, pasión, y interés el uno por el otro a través del tiempo.

¿Qué me inspiró a escribir esta novela?

Muchas razones me inspiraron a escribir esta novela. Una de las razones más importantes fue el problema de divorcios y separaciones de parejas que no es tan sólo en los Estados

Unidos a donde uno de cada dos matrimonios se divorcia, sino que también el divorcio y separaciones está ocurriendo a nivel significativo en países subdesarrollados. Por ejemplo, en Chile, muchas parejas se divorcian después de haberse prometido de amarse por eternidad. Muchos estudios psicológicos han encontrado que muchos de los hijos de padres divorciados sufren problemas sicológicos como problemas en el colegio, depresión, y identidad a causa del divorcio, pues muchos de ellos echan de menos al padre que los abandona. Otra razón importante por la cual escribí esta novela fue porque muchas niñas adolescentes se embarazan pensando que han encontrado al amor de sus vidas. Pero, muchas de ellas se arrepienten porque no estaban preparadas para eso. Las adolescentes elaboran muchas fantasías y idealizaciones con la persona que quieren conseguir. Por eso, ellas se enamoran de sus fantasías, pues se lo pasan soñando con la persona amada. Finalmente, escribí esta novela literaria pensando en los efectos cognitivos, emocionales, y sociales del amor duradero en los hijos. Por ejemplo en la novela, cuando el fruto del amor nace, Alexander y Victoria se unen más como pareja. Luego, ellos disfrutan el aprendizaje de su hijo y eso hace crecer su amor como pareja, pero a la vez ambos conservan su individualidad.

Esta novela está narrada en la tercera persona omnisciente y tiempo pasado. Elegí de escribir en la tercera persona, pues la primera persona tiene límites en lo que uno puede contar. El narrador omnisciente en tercera persona no tiene restricciones en lo que se puede narrar, por eso, elegí esta persona para narrar la novela. Por eso, el narrador en la novela es como un dios que sabe todo, como los pensamientos, los sentimientos, y los sueños de los demás caracteres, etc.

Si no hacemos algo para evitar que tantas parejas

se separen o se divorcien y adolescentes tengan bebes no deseados, tenemos que enseñarles a cada miembro en una pareja como las primeras etapas del enamoramiento dan señales que indican que la relación amorosa puede continuar porque no es tan sólo pasión, sino que es pasión, razón, y ideal. Esta novela también enseña a evitar repetir el mismo problema. Además, esta obra ayuda a entender los perjuicios que el divorcio causa en los hijos, pues los padres son muy importantes para darles cariño a sus hijos y servirles como modelos durante su desarrollo físico, cognitivo, emocional, y social. Por eso, apoyo una nueva ley que fortalezca la educación psicológica del amor de pareja, pues pienso que enseñándoles a los adolescentes acerca de los riesgos de la sexualidad, no es suficiente, pues el amor de pareja comienza en el cerebro y nos produce sensaciones de euforia y por eso cedimos al impulso sexual, sino tenemos una educación sicológica acerca de las diferentes etapas de la relación amorosa de parejas.

Amor Duradero En Éxtasis demuestra que el secreto para que una pareja mantenga el amor durante el tiempo está en que el amor tiene que crecer y cultivarse cada día. Por eso, esta novela enseña a los miembros en una pareja de enamorados a conocerse lo más que puedan antes de casarse para que cada miembro en una pareja este seguro que lo que siente por la otra persona es amor. Así, los enamorados pueden ser felices. Muchas parejas no se conocen bien antes de casarse y por eso fracasan y eso le afecta negativamente a los hijos. El amor de pareja es como un jardín, por eso, si no se nutre con pasión, interés el uno al otro, respeto, confianza, y buena comunicación, el amor se termina. Esta novela no es machista, pues no coloca al hombre como el seductor burlón, sino que enfoca la relación de pareja de un punto de vista sicológico.

Por eso, el amor duradero depende de la personalidad, comportamiento, y valores de ambos miembros en una pareja. Por ejemplo, a través de la novela ambos en la pareja se dicen palabras amorosas, se interesan el uno al otro, se motivan, no se dicen palabras hirientes, se comprenden, y se adaptan en todo sentido el uno al otro. Por eso, esta novela transciende clases sociales, culturas, idiomas, nacionalidades, etc porque es una obra literaria que enfrenta el tema de cómo hacer que una relación amorosa crezca y se convierta con el tiempo en amor duradero, la cual hace feliz a la pareja y a los hijos. Por eso, esta novela es para los jóvenes adolescentes que están entre la niñez y madurez, padres, profesores, parejas casadas y solteras, pues ayuda a las parejas a fortalecer y mantener su relación amorosa.

Miryam M. Roche, octubre de 2014

PARTE I

AMOR A PRIMERA VISTA

CAPÍTULO I

DISFRUTAR AMOR A PRIMERA VISTA

Era una de esas mañanas calurosas de primavera cuando Victoria subió las escaleras del edificio de uno de los canales de televisión más famosos en Santiago de Chile a donde iba a comenzar a trabajar como periodista. Ella entró muy contenta a través de la puerta giratoria de cristal al enorme edificio de dos pisos. Entonces, mientras ella atravesaba el lobby preguntándose cómo iba a ser su primer día de trabajo, de repente, casi chocó con un periodista joven, alto, y muy buen mozo quien salió corriendo muy apurado de una oficina. El periodista rubio y de ojos azules la miró confundido porque sintió una atracción y pasión loca por ella a primera vista. Ellos se rieron como niños mientras sus corazones se agitaron. Él ni disimuló que ella le gustó a primera vista, pues la miró con una sonrisa seductora y su cara se sonrojó cuando quiso presentarse, pero tan sólo tartamudeo su nombre y le dijo que iba a cubrir una protesta estudiantil en el centro de Santiago.

Ella sonrió y él siguió corriendo como hechizado hacia el vehículo que lo llevaba a cubrir la noticia. Victoria no alcanzó a decirle nada.

Ella siguió caminando hasta su oficina que estaba en el segundo piso. Mientras ella caminaba, ella no podía sacarse de su mente al periodista guapísimo quien vestía un terno oscuro, camisa blanca, y corbata marrón. Ella se enrojeció cuando pensó que sintió una atracción y flechazo de amor por el periodista que nunca antes había sentido por ningún otro hombre. Sus manos sudaban con felicidad mientras ella se decía que era su primer día de trabajo, pero ahí estaba como una adolescente fantaseando con el periodista. Ella se preguntaba, "¿Le gustaré? ¿Por qué me deslumbró?" Ese día, ella se veía sexy en un vestido beige ajustado con escote redondo que le hacía juego con su pelo rubio largo. Los tacones de sus zapatos blancos resonaban en el piso de mármol rosado con crema. Algunas personas le sonreían amablemente mientras caminaba. Luego, cuando ella llegó a su oficina que era grande y tenía un escritorio café al lado de un ventanal, un periodista la esperaba. Él la miró y la saludó de mano amablemente:

—Bienvenida, señorita Victoria Lennox.

—Mucho gusto, señor Muñoz —contestó Victoria.

Él la invitó que se sentara a su escritorio. Victoria se sentó en una silla de cuero café un poco nerviosa mientras el señor Muñoz le explicaba lo que tenía que hacer en su primer día de trabajo. Después de un rato, él salió de la oficina de Victoria y ella se puso a trabajar. Mientras ella trataba de concentrarse en su trabajo, imágenes del periodista atractivo con él que casi había chocado se le venían a la memoria y la desconcentraban. Sonriendo, ella se decía, "No debo enamorarme de un compañero de trabajo porque esos amores siempre terminan mal." Ella tenía miedo de enamorarse y luego sufrir del mal de amor.

Mientras Alexander reporteaba la noticia, él no podía concentrarse cuando se decía que se había enamorado de Victoria a primera vista. Él sintió un vacío cuando pensó que a lo mejor Victoria estaba comprometida. Él apretó sus mandíbulas y se mordió los labios cuando pensó que no debía hacerse ilusiones con Victoria, pues era tan bonita que tiene que haber tenido muchos pretendientes. Él se sentía angustiado por saber si Victoria estaría disponible. Él tenía muchas amigas atractivas y inteligentes, pero ninguna le había interesado más que una aventura pasajera. Pero con Victoria, él sintió un interés y atracción muy profunda.

A la hora del almuerzo, ella se paró frente a la ventana de su oficina y miró hacia fuera sonriendo mientras pensaba que la primera mañana había sido exitosa. Luego, ella miró más allá del Parque Bustamante pensando en la protesta que Alexander había ido a cubrir mientras él no podía concentrarse en el reportaje pensando en ella. Alexander no hallaba las horas de regresar al canal de televisión para ver a la nueva periodista. El trabajo de ella era de leer las noticias en las mañanas y en las tardes.

Ese día en la tarde, Victoria regresó a su departamento después que leyó las noticias. Cuando ella salió de su oficina, ella lo hizo pensando que su primer día de trabajo como periodista había sido un éxito. Ella había leído el noticiero de la mañana y de la tarde. Pero ella también salió angustiada sintiendo algo especial por el periodista que había conocido por casualidad en el lobby. Ella se sentía confundida, pero contenta por sus sentimientos de felicidad que le había causado el periodista guapísimo.

De camino a su casa en su Range Rover, ella se decía que le había apasionado su primer día de trabajo. Victoria sentía deseos de ver al periodista nuevamente. Cuando ella pensó que lo vería en el trabajo al día siguiente, ella sonrió.

Rato después de vuelta en su departamento que estaba en un edificio en el séptimo piso en la Avenida Providencia, Victoria se tendió en un sillón blanco y sonreía mientras veía a Alexander en su imaginación. Ella se preguntaba si el día siguiente sería tan exitoso como su primer día de trabajo. De repente, ella suspiró y sonrió cuando se preguntó si Alexander estaría pensando en ella. Ella se sentía angustiada y confundida mientras se preguntaba, "¿Será amor a primera vista pasajero o duradero?" Pero ella sabía que amores entre compañeros de trabajo estaban prohibidos. A pesar de eso, ella se preguntaba si él estaría pensando en ella como ella estaba pensando en él. Esa tarde, ella ni siquiera se preparó su once pensando en Alexander. Ella no podía apartar de su mente al periodista que la había deslumbrado.

Aquella tarde cuando Alexander regresó al canal de televisión, ella ya había leído el noticiero. Con la pasión de un enamorado, Alexander no hallaba las horas de volver a ver a Victoria el día siguiente. Minutos después, Alexander salió del canal de televisión con la esperanza que iba a ver a la nueva periodista el próximo día. Así fue como condujo su Range Rover hasta su mansión que estaba en Las Condes. Ese día había mucho tráfico mientras él se preguntaba que podría estar haciendo la periodista que lo había vuelto loco de pasión. Él se decía que nunca había visto a una periodista tan bonita como Victoria. En su imaginación, él veía la cara hermosa de Victoria, sus ojos azules, su cara ovalada que la hacía verse más hermosa, cutis blanco como leche, y su pelo rubio liso sobre sus hombros. Él se sentía confundido y con miedo de haberse enamorado a primera vista de la nueva periodista.

Estaba de noche cuando Alexander llegó a su mansión que era muy grande. Su padre se la había regalado, pues él era parte dueño del canal de televisión. Él entró al callejón que daba a la mansión en el interior. Esa noche, los álamos altos y otros árboles florecidos se mecían lentamente con la brisa tibia en ambos lados.

De vuelta en su casa, el mayordomo lo saludó y luego Alexander subió corriendo las escaleras a su dormitorio que estaba en el segundo piso. Ahí, él encendió la luz y se sacó su chaqueta, corbata, y sus zapatos cantando una canción de amor. Enseguida, en pantalones y camisa, él caminó al balcón y recorrió con su mirada el jardín que tenía lámparas que brillaban entre las ramas de los árboles. Algunos árboles florecidos se mecían con la brisa suave de primavera mientras él pensaba en Victoria con una sonrisa seductora. Alexander recordó cuando él y Victoria se miraron fijamente a los ojos y luego a medida que se alejaba de ella para ir a reportear la noticia, él sintió una ansiedad de volverla a ver que nunca había sentido por otra mujer. Entonces, él se decía muy contento, "¡Te veré mañana!" Él recordó muy contento la sonrisa juvenil, los ojos azules penetrantes, y la piel blanca del cuello de Victoria. Él volvió a ver a Victoria en su mente como si ella hubiese estado ahí en ese momento.

Para Alexander, todo había sido muy normal en su trabajo y su casa hasta ese día que conoció a Victoria.

Entonces cuando Alexander se acostó en la cama grande de dos plazas, él no podía quedarse dormido pensando en Victoria. Él se sentía feliz pensando en ella. Tendido en su cama, él sonreía mientras se preguntaba, "¿Le gustaré?" Luego, él se sintió triste cuando pensó que Victoria podría haber estado comprometida. Enseguida, él se preguntó, "¿Qué estará haciendo? ¿Estará pensando en mí?" Alexander estaba loco de deseos de volver a ver a Victoria. Él se veía acariciando y besando a Victoria mientras ella sentía inseguridad de sus sentimientos. Alexander se preguntaba si Victoria le iría a reciprocar su amor algún día. Entonces, él sintió celos cuando pensó que ella podría haber estado con otro hombre en ese momento. Él pensaba que a pesar que conquistaba a las mujeres con facilidad, él tan sólo quería atraer a Victoria, pues se había enamorado de ella como un loco.

Entonces, Alexander apagó la luz. Adentro de su dormitorio no estaba oscuro. La luz de las estrellas y de las lámparas en el jardín entraba a través del balcón mientras él en su mente se veía acariciando el pelo rubio de Victoria. Él se preguntaba si ella le iría a demostrar alguna señal que él le gustaba. Un poco angustiado, él se preguntó si Victoria estaría comprometida o casada. Ella lo tenía intrigado. Alexander no dejaba de preguntarse si él le habría gustado. Minutos después, él pensó de dejar sus preguntas, intrigas, y pasión por la periodista enigmática para el otro día.

—¿Cómo saber si te gusté, mi amor? —dijo Alexander, y se quedó dormido intrigado.

CAPÍTULO II

COMIENZO AMISTAD

La mañana siguiente, Alexander se quedó dormido. Por eso, saltó de la cama y de prisa se bañó y se vistió. Enseguida, él salió en su vehículo rumbo a su trabajo, vistiendo un terno oscuro, camisa blanca, y corbata al tono. Él condujo como un loco mientras pensaba en Victoria. Durante el camino, él se decía que quería conocer más a Victoria. En sus fantasías y idealizaciones, Victoria era perfecta y estaba destinada para él. Por eso, él deseaba de seducirla, amarla, y tener sus hijos. Él sonreía mientras se preguntaba si ella sentiría lo que él estaba sintiendo por ella. Entonces, él visualizaba a Victoria en un vestido rosado con escote redondo y rebajado. En su mente, él veía su piel blanca encantadora. Él se sentía eufórico pensando en ella. A veces, él aceleraba su vehículo porque no hallaba las horas de llegar luego a su trabajo para ver a Victoria. Era una mañana bonita y soleada. Ella ya había llegado a su trabajo y se había preguntado por qué Alexander no había llegado todavía.

A medida que Alexander se acercaba a su trabajo en el canal de televisión, él sonreía anticipando de ver a Victoria. De repente cuando Alexander miró a su lado en la Avenida Providencia, él se dio cuenta que algunas personas que caminaban en la vereda le sonreían. Él se preguntó si las personas sabrían que se sentía enamorado. Pero después, él pensó que tiene que haber sido su cara sonriente que hacía sonreír a algunas personas. Él quería que su historia de amor terminara bien, por eso, pensó que iba hacer cuidadoso en seducir a Victoria.

Cuando Alexander llegó al edificio a donde trabajaba, él se bajó rápidamente de su vehículo y caminó hacia la gran puerta de entrada. Los pájaros gorgojeaban en los árboles florecidos. En segundos, él subió corriendo las escaleras. Él cruzó el lobby pensando en Victoria y luego tomó el elevador. Enseguida, el elevador se abrió y Alexander salió contentísimo. Cuando él caminó por el frente de la oficina de Victoria, él la miró sin ella darse cuenta. Él la encontró preciosa con su pelo rubio sobre sus hombros. Aunque apenas la conocía, él se dijo, "¡Ahí está mi amor tan hermosa!" Después que colocó su maletín en el escritorio de su oficina, él fue a darle la bienvenida a Victoria otra vez. Cuando entró a la oficina de Victoria, ella se estaba sentando. Ella se volvió hacia él. Las mejillas de Victoria se sonrojaron cuando él le dio la bienvenida otra vez. Pero esta vez, Alexander le dio la bienvenida con un beso en la mejilla. Entonces, él la miró fijamente a sus ojos azules con una sonrisa seductora mientras su corazón se aceleró y le latió con más fuerzas cuando se acercó a ella. Ella también sintió algo especial por Alexander que nunca había sentido, pero resistió de pensar que podría haber sido amor porque ella sabía que los romances entre compañeros de trabajo estaban prohibidos y además quería triunfar como periodista. Victoria se dio cuenta que Alexander se sintió contentísimo cuando la vio nuevamente. Ella lo encontró mucho más simpático que el primer día. Entonces, él la dejó trabajando y regresó a su oficina sonriendo de felicidad.

Por ningún motivo Victoria quería que sus sentimientos por Alexander afectaran su trabajo, por eso, ella trataba de evitar de pensar en él.

Ese día, Alexander no podía concentrarse en su trabajo porque se sentía contentísimo pensando en Victoria. Él la encontró mucho más atractiva.

A la hora del almuerzo, él fue a la cafetería con la esperanza de encontrarse con Victoria, pero ella no tenía apetito y se sentía angustiada por sus sentimientos hacia Alexander. Por eso, ella no fue a almorzar a la cafetería. Él almorzó sólo y rápido. Mientras comía, él pensaba que a lo mejor era su culpa porque ella no había ido a almorzar. Luego, él volvió a su oficina que estaba cerca de la de Victoria. Cuando caminó por el pasillo a su oficina, él vio que Victoria estaba sentada a su escritorio, pero ella no lo vio. Él se sintió contentísimo de verla. Alexander tuvo la intención de entrar a la oficina de Victoria con alguna excusa, pero después pensó que mejor esperaba de verla más tarde. En su oficina, Alexander se sentó en una silla de cuero café detrás de su escritorio. Era tan sólo el segundo día que Victoria había comenzado a trabajar ahí, pero él la encontraba encantadora y no podía sacársela de su mente.

En la tarde cuando Alexander terminó su trabajo, por casualidad, él vio a Victoria que caminaba por el pasillo rumbo al estacionamiento del edificio. Él se dijo, "¡Qué encantadora y graciosa es su manera de caminar!" Con la pasión de un enamorado, él sintió ganas de correr detrás de ella mientras ella se alejaba. Pero se retuvo. Entonces, viéndola irse y sintiendo desesperación y ansiedad que no la vería hasta el día siguiente, él la siguió a paso rápido.

—Victoria —él la llamó.

Ella no lo escuchó mientras caminaba.

—Victoria —le dijo él otra vez.

Ella se volvió y lo miró sonriendo y siguieron caminando juntos hasta el estacionamiento.

Otros periodistas se dieron cuenta cuando él la alcanzó y siguieron caminando hacia sus vehículos. Por casualidad sus vehículos estaban estacionados cerca el uno del otro. Mientras caminaban, él le dijo:

—¡Qué hermosa tarde!

—Sí, muy bonita —ella contestó un poco coqueta.

Cuando iban caminando en lo mejor, ella se tropezó en algo y casi se calló, pero Alexander la tomó del brazo para que no se cayera. La cara de ella se sonrojó como un tomate, pero también se dio cuenta que él la miró con una mirada tierna de enamorado. Él pensó que había sido una oportunidad para rozarle su mano que tanto quería tocar y acercarse a ella. Ellos conversaron por un rato cuando llegaron a sus vehículos. Luego ella decidió de irse a su casa.

—¡Hasta mañana! —él le dijo con una sonrisa cariñosa.

—¡Nos vemos! —ella le contestó risueña.

Mientras Alexander se subía a su vehículo, él volvió su cabeza para ver a Victoria. Inesperadamente, Victoria volvió también la cabeza en ese momento y sus ojos celestes se encontraron y se detuvieron con violenta sorpresa. Victoria sonrió contenta y Alexander le reciprocó su tierna sonrisa. Entonces, ellos condujeron a sus casas. En ese encuentro, Alexander sintió la ternura en los ojos, la sonrisa, y los labios de Victoria.

Durante el camino a su casa, ella pensaba que tenía que tratar de evitar tales encuentros, pues otros periodistas podrían darse cuenta de sus sentimientos y eso podría afectar su reputación. Ella había escuchado de romances en el trabajo que habían terminado en escándalo. Por eso, ella no quería que le pasara lo mismo.

Cuando Victoria llegó al edificio a donde estaba su departamento, ella aparcó y se bajó del vehículo. Enseguida caminó hasta su departamento. En su departamento, ella tiró su cartera en un sofá blanco y fue a la cocina a tomar un vaso de agua. Entonces, ella se tiró en el sofá pensando en Alexander. De repente, ella tomó uno de los cojines mientras fantaseaba con Alexander. Esa tarde ni siquiera tenía hambre. Más tarde se quedó dormida pensando en él, pero despertó con el ladrido de un perro. Ella se levantó y fue a mirar por el balcón. Mientras ella contemplaba las ramas de los árboles que se mecían en la avenida, ella se decía que Alexander era encantador y guapísimo. Ella disfrutó la vista pensando en él. Entonces, ella suspiró sonriendo y se dirigió a su dormitorio. Ella se metió a su cama pensando que vería a Alexander en su trabajo el día siguiente.

Alexander llegó a su casa pensando en Victoria. En su dormitorio, él se tendió vestido en su cama de dos plazas con un cubre cama celeste. Mientras miraba el chandalier en el techo alto, él se preguntaba intrigado, "¿Cómo puedo saber más de ella? ¿Estará comprometida?" Él pensó desesperado en irse a trabajar a otro canal de televisión para olvidarla, pero luego se dijo que la echaría mucho de menos y él no quería morir de mal de amor. Alexander pensaba que no llegaría más atrasado a su trabajo porque se desesperaba por ver a Victoria ahí. Él suspiró angustiado. Entonces, él no dejaba de preguntarse que estaría pensando Victoria cuando esa tarde sus miradas se encontraron como un flechazo.

CAPÍTULO III

Conquista Amorosa

Las reciprocas inclinaciones amorosas entre Alexander y Victoria aumentaba cada día a pesar que él sabía que era prohibido de tener relaciones amorosas entre funcionarios. Alexander nunca se había enamorado o pensado en casarse todavía, pues le fascinaba su vida de soltero y pasarlo bien con sus amigos. Pero Victoria lo cambió de la noche a la mañana, pues él quería sentar cabeza con ella. Pasaron los días y Victoria y Alexander se saludaban cuando se veían en su trabajo. Victoria no sabía que Alexander la había comenzado a amar desde el primer día que llegó a trabajar a ese canal de televisión. Él cada día la encontraba más encantadora, sexy, e inteligente. A él le encantaba su manera elegante de caminar. Ella a veces fingía que no sentía lo mismo por él. Pero en realidad, ella se desesperaba por verlo. Alexander se preguntaba como decirle a Victoria que él estaba enamorado de ella. Pensando en Victoria, él casi no dormía. Alexander nunca se había enamorado a primera vista como lo estaba de Victoria. Ambos pasaban muchas horas en su trabajo. Para Alexander, el lugar de trabajo se convirtió en el lugar más querido porque estaba la mujer que él amaba. En el trabajo, algunas personas conocían a Alexander como un "Donjuán" porque había tenido relaciones amorosas pasajeras con algunas periodistas, pero luego las había dejado. Alexander sabía que quería una relación amorosa duradera con Victoria, por eso, quería usar la mejor táctica para atraerla. Pero Victoria trataba de reprimir sus sentimientos de amor y deseo por Alexander, a pesar que sentía algo especial por él. Ella quería tener éxito en su trabajo. Por eso, no le habría gustado de destruir su reputación.

Día tras día, Alexander pensaba en puntos favorables y desfavorables si tuviera una relación amorosa con Victoria. Así, de apoco Alexander se fue dando cuenta de los hábitos de Victoria. Él notó que ella no coqueteaba con sus compañeros de trabajo. Antes que llegara Victoria, el ambiente de trabajo de Alexander estaba dentro de lo normal, pero desde que ella comenzó a trabajar ahí, él se desesperaba por verla.

Cada día, Alexander sonreía amoroso cuando veía a Victoria en su trabajo. Uno de esos días, después que Alexander vio a Victoria varias veces sentada a una mesa en la cafetería del canal de televisión, él se le acercó. Ella movió un poco su pelo y lo miró sonriendo.

—¡Qué casualidad, **tú** aquí! —dijo Alexander.

—Sí, vine a tomar un café —dijo ella.

—¿Te importaría si me siento a **tu** lado? —le preguntó Alexander con una sonrisa tierna.

—¡Oh, no! —ella asintió con una sonrisa que él interpretó como un gesto de simpatía.

Él se sentó a la mesa y pidió un café. El corazón le latió más rápido a los dos, pues estaban felices de haberse encontrado por coincidencia.

—¿Qué te parece tu trabajo? —le preguntó Alexander.

—Me encanta.

—Te ves muy bien cuando lees las noticias.

—Gracias.

Cuando comenzó a tocar de fondo una canción romántica que le gustaba a Alexander, eso aumentó su euforia. Alexander notó que el vestido blanco con escote redondo le quedaba muy bien a Victoria. La piel blanca de sus hombros le encantó a Alexander.

Después que se tomaron los cafés juntos y conversaron un poco, ella dijo, —Fue un placer de haber tomado un café con tigo, pero debo regresar a mi trabajo.

Victoria lo dejó con ganas de más deseos de conocerla. Él quiso seguirla y seguir conversando con ella, pero se retuvo y la miró alejarse. Mientras Victoria caminaba, a él le encantó su manera elegante y sexy de caminar. Él quería ganarse su afecto paso a paso. Su táctica fue de enamorarla de apoco. Él se decía que Victoria era la mujer perfecta para que tuviera sus hijos. Él la encontraba misteriosa, pero muy hermosa y inteligente. Él tenía mucha discreción pues no quería que los compañeros pensaran que él estaba usando su poder para conquistar a Victoria porque en realidad estaba enamorado como un loco de ella. Ese día Victoria se dio cuenta de su ternura. Ella sabía que tenía que ser un poco difícil, pues así él se interesaría más en ella. Victoria se dio cuenta que mientras más lo rechazaba a Alexander, él más la deseaba.

Al día siguiente cuando Victoria fue a almorzar a la cafetería del canal de televisión, ella se encontró con Alexander otra vez. Ellos se sentaron a una mesa al lado de un ventanal y almorzaron juntos. Ellos pidieron sopa de pollo con arvejas y bistec con ensalada de tomate y puré de papas. Ese día los dos tomaron jugo de naranja.

—¡Me encanta el puré! —dijo Victoria.

—A mi también.

Entonces, ellos conversaron de sus comidas favoritas. Durante el almuerzo, él la miraba tiernamente mientras comían y conversaban. Él pensó que tarde o temprano ella tendría que saber que él se había enamorado de ella desde el primer día que la vio. Era la primera vez que almorzaban juntos. Ellos comieron pastel de durazno como postre.

—¡El pastel esta delicioso! —dijo Victoria.

—Sí, muy rico. Siempre me siento feliz cuando como pastel de durazno —dijo Alexander con una sonrisa amorosa.

Ella lo miró y sonrió.

Mientras conversaban y comían, ellos miraron por la ventana los árboles que se mecían alrededor del edificio.

—Podría haber una terraza para comer —dijo Alexander.

—Sí, como en Paris.

—Cuando voy a Paris me encanta de comer en las terrazas.

—Son muy acogedoras.

—Creo que si nuestro sistema de gobierno fuera democrático, los chilenos podríamos gozar de más influencia extranjera como terrazas afuera de restoranes.

—Sí claro. Tengo fe que algún día tendremos terrazas como en los restaurantes en Europa o en los Estados Unidos —dijo Victoria.

— Sin duda.

A él le saltaba el corazón pues estaba muy feliz. Él se dio cuenta que ella tenía unas facciones muy bonitas, mientras ella le encontró su voz encantadora y muy amorosa. Además, él notó que era evidente que Victoria era una mujer muy fina, de excelente familia, y muy inteligente. Él incluso pensó que Victoria tiene que haber sido virgen todavía. Por eso, él más quería seducirla y conquistarla.

Después que almorzaron, por un rato, ellos se quedaron allí sentados conversando. Entonces, ellos regresaron muy contentos a sus trabajos.

En la tarde después que Victoria terminó su trabajo, ella se fue a su departamento. En su departamento, ella se preparó su cena. Luego, ella se tendió en su cama vestida mientras pensaba en Alexander. Entonces, sin sacar de su mente a Alexander, ella se puso un piyama de ceda rosado y se recostó en su cama. Como no podía quedarse dormida pensando en Alexander, ella tomó la novela de amor "La Isla Encantada" que estaba sobre su velador al lado de su cama y se puso a leerla. Cuando le dio sueño, ella puso la novela sobre su velador y apagó la luz. Antes de quedarse dormida, ella pensó en Alexander y se sintió feliz mientras se preguntaba si él la iría a seducir el día siguiente.

La mañana siguiente cuando Alexander llegó a su trabajo y vio a Victoria en el pasillo conversando con un compañero de trabajo, él sintió ganas de pegarle al hombre con toda su fuerza y botarlo al suelo y patearlo. Pero se retuvo y apretó sus mandíbulas de rabia y celos. Victoria no se dio cuenta de eso. Cuando él llegó a su oficina, él se apoyó en el respaldo de su silla y se aflojó un poco su corbata mientras se mordía los labios de celos. Pero después se relajó y se sentía mejor cuando escuchó que Victoria llegó a su oficina.

Desde entonces, él comenzó a acercarse más a Victoria y ella sentía su ternura. No pasaba un día sin que Alexander fantaseara besando y acariciando a Victoria. Ella lo encontraba un poco arrogante y le dio la impresión que él pensaba que ninguna mujer podía resistirlo porque era atractivo y muy rico. Ella se preguntaba si podría olvidar sus sentimientos amorosos por Alexander o seguir con sus reciprocas inclinaciones amorosas con él.

CAPÍTULO IV

¿Cómo Atraer A Una Mujer?

El sábado en la mañana de la misma semana que Victoria comenzó a trabajar en el canal de televisión, Alexander se despertó temprano con el canto de los pájaros. Cuando abrió sus ojos, su primer pensamiento fue que quería que su enamoramiento con Victoria fuera duradero. El sol no salía todavía. Él se decía que había seducido a muchas chicas atractivas con facilidad, pero todas esas conquistas y relaciones habían terminado en una relación pasajera, pues ellas no eran lo que él esperaba después que él comenzaba a conocerlas tal como eran y sin pretensiones. Por eso, él pensó que quería saber más acerca de cómo atraer, enamorar, y mantener el amor de una mujer. Él se decía que su conquista iba a comenzar con amistad. Así, él y ella se conocerían el uno al otro. Pero pensó que por ningún motivo le pediría la prueba del amor porque quería una relación amorosa duradera con Victoria. Él sentía la sensación que no podía vivir sin ella. Entonces, él sonreía muy feliz mientras se imaginaba que a lo mejor Victoria también estaba pensando en él. Esa mañana su único pensamiento era Victoria. Él se preguntaba, "¿Estará comprometida, será tímida y aprensiva?" De repente, él dispuso de ir a una librería y buscar un libro con información acerca de cómo atraer a una mujer y enamorarla. Enseguida, se levantó, se bañó, y se vistió mientras fantaseaba con Victoria. Entonces, él bajó, desayunó en el comedor del primer piso, y luego salió rápidamente en su Range Rover rumbo a la librería en el centro de Santiago. Ese día, él fue a una de las librerías más grandes en el centro de Santiago. Pensando en Victoria, él ni se dio cuenta como pasó el tiempo de su casa a la librería. Mientras Alexander aparcaba su vehículo al frente de la librería, él sonreía pensando en Victoria. Entonces, él saltó del vehículo y caminó a largos pasos por el empedrado del Paseo Huérfanos hacia la librería. Mientras entraba a la librería, él se dijo que sería mucha casualidad si se encontrara ahí con Victoria. Entonces, en la sección de psicología, él encontró artos libros acerca de cómo seducir a una mujer. Después que ojeó varios, a él le gustó el libro, Como Atraer A Una Mujer A Una Relación Amorosa Duradera por Miryam Roche. Él tomó el libro y comenzó a ojearlo con mucha curiosidad. Mientras lo ojeaba, él sonreía amorosamente disimulando su curiosidad y excitación cuando se imaginaba usando las tácticas para atraer a Victoria. Ese día no había mucha gente, por eso leyó la introducción, el contenido, y algunos capítulos. El libro enseñaba cómo comportarse y pensar para atraer a una mujer a una relación amorosa duradera. Después de un rato, compró el libro.

Ese sábado en la mañana, Victoria se fue a la mansión de sus padres en Las Condes para pasar el fin de semana con su familia. Cuando entró a través de la reja de fierro al callejón con árboles altos a cada lado que daban a la inmensa mansión al interior, ella sonreía mientras se decía que le gustaría de invitar a Alexander a su casa. La mansión de la familia de Victoria era una de las más grandes y ricas en Las Condes. Ese día, era la primera vez que ella estaba ahí después de haber conocido a Alexander. La mansión era un edificio que tenía como cincuenta piezas. A ella no le importaba si él no era tan rico como ella, pues ella se sentía enamoradísima de él. A pesar que aún tan sólo se conocían hacía una semana, de repente, ella sintió un vacío sin él. Entonces, Victoria sonrió cuando pensó que le gustaría de hacer el amor todos los días con él.

Después que Victoria estacionó su vehículo al frente de la mansión al lado de un jardín que tenía una fuente con agua en el medio, ella se bajó del automóvil y caminó hacia la entrada de la mansión. Al llegar a la entrada principal con altos pilares blancos y balcones en el segundo piso, uno de sus hermanos abrió la puerta.

—¿Qué tal hermana, Victoria? —dijo su hermano.

—Muy bien, gracias, ¿y tú? —contestó Victoria.

—Esperándote para decirte que me voy de viaje a Europa.

—¿Por negocios?

—Sí.

Después que Victoria conversó animadamente un poco con su hermano quien había estudiado finanzas y economía en la Universidad de Harvard en los Estados Unidos, ella siguió caminando por el pasillo alto con un chandelier que reflejaba sobre el piso de mármol color crema con rosado. Ella le echó un vistazo a los lujos tradicionales en la mansión de su familia. Su familia era muy rica. Su padre era un doctor, quien muchas veces iba a conferencias al extranjero. La madre de

Victoria era una psicóloga quien había escrito libros acerca del desarrollo del lenguaje de los niños. Sus libros eran famosos a través del mundo. A veces, su madre daba seminarios acerca de los libros que había escrito. Por eso, la familia de Victoria era muy rica. Además, los vis-abuelos de Victoria les habían dejado una fortuna.

En la terraza del comedor al frente de la piscina, ella saludó a su familia de abrazo y beso. Sus hermanos y padres la estrecharon en sus brazos felices de tenerla en su casa nuevamente. Ellos conversaron un poco y luego ella subió a su dormitorio al segundo piso. En su dormitorio, ella se cambió ropa mientras miraba una fotografía que se había sacado en Europa. Su familia tenía su propio jet, por eso, muchas veces se iban de vacaciones a Europa cuando era invierno en Chile. Victoria y sus hermanos hablaban inglés, francés, y alemán con fluidez, pues sus padres les habían contratado un tutor para que les enseñara esos idiomas de manera natural. También, ellos a menudo iban a pasear a Europa para practicar esos idiomas.

Luego, Victoria caminó al balcón y contempló el jardín mientras pensaba en Alexander. Ella sonreía cuando pensaba que su familia no tenía idea que ella se sentía enamorada de Alexander. Victoria se imaginaba que su amor estaba ahí con ella contemplando el jardín. Mientras ella miraba las rosas, ella se preguntaba si a él le gustarían las rosas, claveles, pensamientos, lirios, amapolas, narcisos, camelias, azaleas, o las campanas. ¡Qué feliz se sentía Victoria fantaseando con Alexander en la casa de sus padres!

Luego, ella bajó a desayunar con su familia. Después que todos se sentaron a la mesa, ellos comenzaron a comer mientras conversaban muy entusiasmados.

—Victoria, ¿cómo te fue en tu trabajo? —le preguntó uno

de sus hermanos.

—Fue muy exitoso —ella dijo.

—¡Qué bien, hija! —dijo su madre.

—Cada día me siento más feliz de ir a mi trabajo —dijo Victoria.

—Te ves muy bien cuando lees las noticias, Victoria —dijo una de sus hermanas.

—Seguramente tienes artos pretendientes —bromeó uno de sus hermanos.

Victoria sonrió.

—Hay algunos periodistas guapísimos —dijo una de sus hermanas.

—Sí —dijo Victoria un poco risueña tratando de ocultar el flechazo de amor que había sentido por Alexander.

—A ver a ver, cuéntanos Victoria ¿Por qué esa sonrisa? —uno de sus hermanos bromeó nuevamente.

—Ustedes me hacen reír —dijo Victoria tratando de disimular lo que realmente sentía por uno de los periodistas.

Mientras Victoria seguía desayunando con su familia, ella se sentía feliz mientras anticipaba que él lunes de la semana siguiente vería a Alexander.

Después del desayuno, ella subió a la biblioteca y buscó poemas de amor. Enseguida se sentó en un sofá y se puso a leer unos poemas de amor. Mientras leía un poema, ella sonreía cuando se imaginaba que Alexander llegaba de improviso y la encontraba leyendo el poema. En la librería, Alexander se veía seduciendo y acercándose más a Victoria mientras leía el libro. Él se sentía feliz y sonreía sin darse cuenta, pero cuando se dio cuenta que alguien lo observaba, él se fue a sentar a un sillón. Ahí, él siguió leyendo. En su mente, él veía a Victoria con un vestido rosado con escote rebajado. Él la encontraba hermosa. A veces, Alexander releía ideas del libro que le gustaban mientras ella en el balcón de la biblioteca se preguntaba que ropa andaría usando Alexander ese día. A Alexander le gustaba de vestirse elegante con terno y ropa deportiva.

Antes de la hora del almuerzo, Alexander se fue a su casa. Durante el camino, Alexander sonreía mientras en su imaginación se veía seduciendo a Victoria.

CAPÍTULO V

VICTORIA Y ALEXANDER
SE ECHAN DE MENOS

Ese día, a la hora del almuerzo, Victoria bajó para almorzar con su familia en el comedor principal. Durante el almuerzo, su único pensamiento fue de verse en su trabajo con Alexander mientras él también no hallaba las horas de volverla a ver el lunes.

Después del almuerzo, ella conversó con algunos de sus hermanos de pie al lado de la piscina. El día estaba caluroso. El sol brillaba por todas partes y los pájaros cantaban entre los árboles.

—¿Cuánto tiempo estarás en Francia? —Victoria le preguntó a su hermano mayor, Gastón.

—Una semana.

—Hay muy buenos hoteles ahí —dijo una de sus hermanas.

—Sí. Especialmente el Ritz —dijo Gastón.

—¿Piensas viajar en la mañana? —le preguntó Victoria.

—Por supuesto. El viaje en la mañana es más inspirador —contestó Gastón.

Entonces ellos todos asintieron que cuando iban a Francia, a ellos les daban ganas de quedarse allí por más días.

—Me dan ganas de ir a Francia —dijo Victoria.

—Ojalá viajaras conmigo —dijo Gastón.

Ella sonrió pensando que echaría mucho de menos a Alexander.

—Ahí viene Sebastián —dijo Victoria, mirando a su hermano menor, Sebastián, quien iba llegando.

—Hola, hermanos —dijo Sebastián sonriendo.

—Te ves enamorado hermano —le dijo Victoria bromeando.

Sebastián sonrió y les dijo que estaba comenzando un romance con una estudiante de primer año en psicología en la Universidad Católica. Él estaba cursando el tercer año en la misma carrera.

—¿Y qué pasó con tu novia que tenías? —le preguntó Gastón.

Sebastián sonrió y dijo, —Se puso celosa cuando escuchó rumores que andaba conquistando a otras chicas y por eso terminamos.

—Ella tiene que haber estado enamorada y a lo mejor te echa de menos —dijo Victoria.

—Sí estaba enamorada, pues me estaba diciendo que nos casáramos.

—Muchas jóvenes universitarias andan buscando matrimonio, pero los barones quieren pasarlo bien y conquistar a chicas sin compromiso de matrimonio —dijo Gastón.

—Sí —dijo Sebastián.

—Yo creo que las mujeres se enamoran más fácilmente de los hombres —dijo Victoria.

—Sobre todo con los barones que dicen palabras amorosas porque de acuerdo a la psicología del amor, las mujeres valoran mucho las palabras cariñosas, la cortesía, y la sinceridad —dijo Sebastián.

Victoria sonrió cuando pensó que su hermano tenía razón en lo que decía.

—¿Y la prueba del amor? —preguntó Gastón.

Ellos sonrieron.

—Creo que es mejor de esperar eso hasta el matrimonio —dijo Victoria.

—Muchas mujeres dicen eso, pero se dejan llevar por su instinto y excitación del deseo y asienten a la prueba del amor —dijo Sebastián.

—Creo que la mayoría de las mujeres se arrepienten de entregarse a la prueba de amor, pues lo hacen pensando que el barón las va a amar más. Por el contrario, los hombres piensan que la mujer es fácil y se buscan a otra joven para hacer lo mismo. Creo que todavía los hombres buscamos a una mujer virgen para casarnos —dijo Gastón.

—Es verdad que muchos jóvenes universitarios no buscan matrimonio en una relación amorosa, sino aventura. Por eso, ellos son capaces de decirle lo que sea a una mujer para que se entregue, pero muchas veces son palabras y sentimientos que no sienten. Pues ellos quieren pasarlo bien, aprender, y gozar su juventud antes de comprometerse con una chica. Por eso, es mejor de decir no a la prueba de amor. Creo que a pesar que las mujeres son más liberales ahora, los hombres siguen machistas y les gusta de conquistar a las mujeres y que no se entreguen fácilmente. También pienso que a los hombres todavía les gusta de casarse y tener sus hijos con una mujer sería, un poco tímida, respetuosa, y intelectual —dijo Sebastián.

—Sobre todo durante la adolescencia, las chicas piensan que están enamoradas y por eso se entregan. Pero en realidad muchas veces se han enamorado de sus pensamientos y fantasías de estar enamoradas —dijo Victoria.

—Sí, eso es verdad. La adolescencia es una etapa muy hermosa en la cual la abundancia del neurotransmisor dopamina que es responsable de la sensación del placer, felicidad, y excitación, hace equivocarse a los jóvenes en sus expectativas acerca de la persona con quien piensan que están enamorados. Por eso, la abundancia de la dopamina pone en riesgo el comportamiento impulsivo y enojón de los adolescentes, pues ellos se sienten adictivos por la persona que piensan que aman —dijo Sebastián.

—Los adolescentes reaccionan al amor con mucha emoción —sonrió Victoria.

—Cuando pensé que estaba enamorado y le compré el anillo a mi novia cuando me gradué de la universidad, me di cuenta que en realidad no estaba preparado para el compromiso de matrimonio. Por eso, seguí viendo a mi novia, pero postergamos nuestro matrimonio para el futuro. Pero el tiempo me hizo ver que no estaba enamorado —dijo Gastón.

—Tú tienes mucha suerte con las mujeres —dijo Victoria.

Ellos rieron por lo que dijo Victoria. Cuando Victoria se sentó en una silla al lado de la piscina, sus hermanos se sentaron al lado de ella.

Ellos recordaron la primera vez cuando Gastón le presentó su novia a sus padres cuando regresaron de Europa. Todos pensaron que se iban a casar, pero no fue así.

—El hombre se deja llevar más por la parte física, pues

yo la encontraba muy hermosa. Me encantaban sus piernas largas bien formadas, su cintura fina, su piel suave y blanca. Sobre todo su cara inocente de niña y su voz amorosa me volvían loco de amor por ella. Además, me decía que todo el tiempo le dijera palabras amorosas. Pero ella era un poco egoísta pues quería que la complaciera en todo. Al principio era muy puritana, pero después cuando pensó que la amaba me celaba mucho —dijo Gastón.

—Sí. Tienes razón que a las mujeres les gusta de escuchar palabras amorosas, pero también pienso que la parte física es muy importante cuando una mujer se fija en un hombre —dijo Victoria.

—Por su puesto, pero ellas se concentran más en el aspecto psicológico del hombre que en la parte física —dijo Gastón.

—Victoria, ¿cuándo piensas casarte? —preguntó Sebastián.

—No sé. Pensé de dejar eso para cuando me graduara de la universidad con la carrera de periodismo. Pero todavía ando buscando novio —sonrió Victoria.

—Eres muy regodeona hermana, pues yo creo que tienes que tener muchos pretendientes —dijo Gastón.

Ella sonrió al escuchar eso porque se acordó que se sentía enamorada de un periodista.

Ellos se entretuvieron conversando acerca de la psicología del amor pasajero y duradero.

Esa tarde cuando Alexander regresó a su casa con el libro, él se sentó en un sofá en el balcón del living y se puso a leerlo. Mientras leía, Alexander se propuso la meta de cada día acercarse más a Victoria. Él pensaba que Victoria no era igual que las otras mujeres que él había conocido a las cuales había atraído con facilidad. Él se decía que Victoria era un poco difícil y caprichosa. Pero él la adoraba.

Esa tarde, Victoria y su familia se sentaron a cenar a la mesa del comedor en el primer piso. Mientras comían sopa de pollo, Victoria les dijo que sus compañeros de trabajo eran muy amables. Afortunadamente, ninguno le preguntó a Victoria si habría encontrado romance en su trabajo, pues ella se habría sonreído porque no podía ocultar que se había enamorado de un periodista. Cuando Gastón les preguntó qué querían que les trajera de Europa, todos querían que les trajera algo.

—Cómprame un libro de psicología infantil en francés —dijo la madre.

—A mi tráeme un perfume francés —dijo una de sus hermanas.

—Yo quiero un suéter —dijo otro.

Así terminaron de cenar muy contentos. Entonces, ellos conversaron por un rato y luego se retiraron de la mesa y se fueron acostar. Esa noche en su cama, Victoria no podía quedarse dormida preguntándose que estaría haciendo Alexander.

A la mañana siguiente, amanecía ya cuando Victoria despertó con el canto de los pájaros. Entonces, ella sonrió cuando vio el sol entrando a su dormitorio. Enseguida, se bajó de la cama en su piyama rosado y fue a mirar por el balcón. Mientras miraba el jardín, ella recordaba a Alexander. Ella se sentía contentísima cuando fantaseaba que Alexander se alojaba en la casa de su familia que era grandísima. Las hojas de los árboles, césped, y flores en el jardín se veían húmedas con el rocío de la mañana. Entonces, ella se levantó para ir a correr alrededor de la mansión.

Su único pensamiento mientras corría fue de volverse a ver con Alexander. No había duda que Victoria se había enamorado de Alexander, pues el pensamiento de él la hacía muy feliz. Ella no hallaba las horas de ver a Alexander.

De repente comenzó a chispear y Victoria extendió sus brazos mientras la llovizna le refrescaba su cara como tomate. Entonces, regresó a su casa, se bañó, y se puso un pantalón verde claro, una polera rosada, y zapatos al tono. Entonces, ella fue al comedor del primer piso para desayunar con su familia. Con sonrisas, ellos desayunaron esa mañana.

En la tarde después que Victoria almorzó con su familia, ella subió al living del segundo piso a escuchar música y conversar con algunos de sus hermanos. Después que conversaron por un rato, ellos fueron al balcón. Era una soleada tarde de domingo cuando ellos se pararon a conversar en el balcón. El jardín estaba cubierto con árboles en flor y flores florecidas.

—¡Qué bonita se ve la primavera con los árboles florecidos! —dijo uno de ellos.

—Sí, y los días se van colocando más largos —dijo otro.

—Me encanta la primavera —dijo Victoria mientras no dejaba de preguntarse si Alexander estaría pensando en ella.

Minutos más tarde, ellos bajaron a la terraza de la piscina. Ahí, ellos se sentaron en sillas reclinables. Victoria le dijo a una empleada que les llevara jugos de manzana y pan de leche. Enseguida, la empleada llegó y colocó la bandeja con la comida sobre una mesa. Ellos comenzaron a comer muy entusiasmados mientras conversaban.

—El dulce de leche está muy bueno —dijo Victoria.

—Sí —dijo uno de sus hermanos.

Comieron el pan de leche y el jugo muy contentos. Ellos se quedaron conversando ahí hasta antes del anochecer.

En la noche después que Victoria cenó con su familia,

ella se fue a costarse en su dormitorio. Esa noche, ella casi no pudo dormir pensando en Alexander. Ella se preguntaba que estaría haciendo él.

Alexander tendido en su cama en su dormitorio de su casa pensaba en Victoria mientras leía el libro. Mientras más lo leía, él más cerca de ella se sentía.

CAPÍTULO VI

SEDUCCIÓN

El lunes de la semana siguiente, Victoria se fue a su trabajo de la mansión de sus padres. Cuando llegó allí, ella caminó con rapidez hacia la puerta de entrada. De repente cuando iba caminando, ella vio a Alexander conversando con un compañero de trabajo. Victoria se sintió contentísima cuando lo vio. Alexander se veía guapísimo en un terno oscuro, camisa blanca, y corbata marón. Ella saludó a Alexander mientras su corazón le latía de prisa pues estaba muy contenta y siguió caminando a su oficina. Ella se dio cuenta que él se sintió muy contento cuando la vio.

En minutos, Victoria estaba en su oficina. Un poco nerviosa, ella miró alrededor de su oficina. Enseguida, se preparó para leer las noticias de la mañana mientras pensaba en Alexander. A los pocos minutos, ella se sintió contenta cuando escuchó que Alexander llegó a su oficina.

Ese día antes de terminar sus trabajos, ellos se encontraron en la cafetería por casualidad. Muy contentos, ellos conversaron acerca de lo que habían echo el fin de semana. Ella le contó que había ido a correr.

—¡Qué bien! —dijo Alexander con una sonrisa amorosa.

—Yo comencé a leer una novela.

—¿Te gusta leer?

—Sí, mucho. Pero también me encanta de ir a correr los fines de semana.

Los dos sonrieron.

—Entonces podríamos ir a correr un fin de semana —dijo Alexander.

—Sí, sería bonito.

Los dos se veían muy contentos. Él tuvo la intención de invitarla, pero pensó que era mejor de esperar un tiempo más. Ellos siguieron conversando. Entonces, ellos regresaron a sus trabajos. Mientras caminaban, Alexander le dijo a Victoria:

—La tarde está muy agradable.

—Sí.

Entonces, ellos atravesaron el lobby y llegaron a sus oficinas. A Alexander le hubiera gustado de besarla antes de entrar a sus oficinas, pero se retuvo pues no estaba seguro si su amor era correspondido.

Durante semanas que le parecieron años, Alexander leía y releía las técnicas para atraer a Victoria. Un día, él practicó una mirada seductora frente al espejo. Mientras, lo hacía él se reía, "ja, ja, ja," y se decía que tenía que parpadear más lento que lo normal, pues eso haría ver sus ojos más atractivos. Él practicó una y otra vez su sonrisa seductora hasta que se dijo que iba a enamorar a Victoria. Él todavía tenía miedo de ser rechazado por ella. Así cada día se acercaba a su meta de atraer a Victoria y declararle su amor.

Victoria se preguntaba si su relación con Alexander iría a transformarse en romance mientras él no hallaba cómo seducirla para un romance duradero.

CAPÍTULO VII

PRIMERA CITA

Todos los días de la semana, Alexander y Victoria se veían y conversaban en su trabajo. Él se había enamorado de ella a primera vista. Pero tenía miedo de invitarla a salir con él hasta que en un encuentro casual, él tuvo el coraje de invitarla para ir a cenar, a pesar que todavía tenía oculto lo que sentía por ella. Él la invitó ese día con la esperanza de amarla algún día. Esa mañana, Victoria estaba sentándose a su escritorio después de haber leído las noticias cuando ella escuchó la voz de Alexander.

—¿Te gustaría de cenar conmigo esta noche? —Alexander le preguntó.

—Me gustaría, pero ya tengo otros planes —dijo ella.

—Oh, Victoria. ¡Vamos a cenar! —le suplicó Alexander.

—Bueno, está bien.

Quedaron de acuerdo que él la iba a pasar a buscar a su casa a las siete y media de la tarde después del trabajo, pues ella quería cambiarse ropa.

Esa tarde, muy entusiasmada, Victoria regresó más temprano a su departamento para arreglarse y salir con Alexander. En su dormitorio, ella se probó un vestido verde claro con escote bajo al frente y atrás y zapatos blancos taco alto y se miró en un espejo grande con una sonrisa coqueta. Ella se decía que tenía que verse sexy y atractiva. Mientras ella se miraba, ella se preguntaba si le iría a gustar ese vestido a Alexander. Cuando pensó que a lo mejor él encontraría un vestido blanco más atractivo, ella se lo probó. Ella no sabía si ponerse el vestido verde claro o el blanco. Mientras se miraba en el espejo, ella se preguntaba, "¿Cuál me queda mejor, el verde claro o el blanco?" Después de un rato, ella eligió el vestido blanco, pues pensó que le quedaba más cómodo y se sentía mejor con él que con él otro. Entonces, mientras se maquillaba, ella se decía que nunca había sentido tanta atracción por un hombre como la que sentía por Alexander. Ella se preguntaba ¿Iremos a un restaurante de lujo? Era la primera cita, por eso, ella se sentía un poco nerviosa. Ella quería verse muy bonita para impresionar a Alexander y quería que todo saliera perfecto.

Como lo habían acordado, esa tarde Alexander pasó a buscar a Victoria a su departamento. Ella vivía en un departamento en el séptimo piso en Providencia, un barrio alto. Cuando Alexander aparcó su vehículo en la curva de la calle eran las siete veinticinco. Él se decía que quería tener éxito en la primera cita con Victoria, por eso tenía que comportarse de manera natural y relajada. Enseguida, él saltó del vehículo y caminó a grandes pasos hacia el edificio y entró por las puertas de cristales. "Me tiene que estar esperando, mi amor," se dijo Alexander mientras cruzaba el pasillo hasta el elevador. Por suerte, apenas Alexander entró al elevador, él subió como flecha al séptimo piso. Muy contento, él saltó fuera del elevador y se dirigió hacia el departamento de Victoria. Mientras avanzaba por el pasillo, él se sentía un poco nervioso, pero muy feliz. Él se sintió mejor y sonrió cuando pensó que si ella había aceptado su invitación era porque él le gustaba.

Al llegar al frente del departamento de Victoria, él se aflojó la corbata un poco y dio un suspiro profundo para sentirse y verse relajado. En segundos, él tocó la puerta muy contento. Pero ella no lo escuchó. "Sería demasiado absurdo si Victoria se hubiese recostado en su cama y se hubiese quedado dormida," él se dijo. Entonces, él tocó la puerta otra vez, pero ella no le respondió.

—Victoria —dijo Alexander inclinando su cabeza al lado de la puerta.

Nadie le respondió. "A lo mejor se arrepintió de salir conmigo," se dijo Alexander un poco triste y desilusionado, pero aún así tuvo el coraje de tocar la puerta otra vez.

—Victoria —dijo Alexander tocando la puerta.

De repente, ella lo escuchó y se dio cuenta que eran las siete treinta y cinco minutos. Su corazón le latió de prisa cuando corrió a abrirle la puerta. Ellos se sonrieron y se sonrojaron cuando se saludaron de beso. A Alexander le fascinó el escote redondo del vestido de Victoria que dejaba a la vista su piel blanca y muy joven como una adolescente. Él se veía guapísimo y muy elegante en un terno oscuro, camisa blanca, y corbata marrón. Ella le dijo que la esperara un minuto. Así que dio la media vuelta y fue a terminar de arreglarse. Mientras Alexander la esperaba, él se decía que haría cualquier cosa por besarla esa tarde. Entonces, él miró con curiosidad la elegancia del departamento. Un chandelier colgaba del techo alto y el piso de mármol brillaba, una pintura de Monet colgaba de una pared, un estante lleno de libros estaba contra otra pared. El sillón café claro al lado de la mesa del living era muy cómodo. Después de un rato, Alexander se paró y fue a mirar por el balcón. Esa tarde muchas personas caminaban por la Avenida Providencia bajo los árboles florecidos. Ella se terminó de arreglar un poco nerviosa, pero muy contenta mientras esperaba de pasarlo bien con Alexander. Ese día, a Victoria le fascinó su penetrante mirada y se sentía feliz porque iba a ir a cenar con él. Entonces, Victoria sorprendió a Alexander.

—¡Te ves muy bonita! —dijo Alexander con una sonrisa amorosa.

Él la encontró muy atractiva. Enseguida, ellos se dirigieron al vehículo. Afuera, la brisa de primavera estaba tibia y el suave aroma de los árboles en flor en la avenida era muy agradable. Él abrió la puerta de su vehículo para que ella subiera. Ella subió. Enseguida, él subió también y condujo hacia el restaurante en Las Condes. Él la invitó a un restaurante muy lujoso y romántico. En el camino, conversaron. Él trataba de encontrar una y otra escusa para tocarle su mano, lo cual lo había aprendido del libro acerca de cómo atraer a una mujer. Victoria sonrió cuando él le dijo que ella era muy hermosa. Victoria todavía se veía como una estudiante universitaria a pesar que se había graduado de la universidad hacían algunos meses. Él era un año mayor que ella.

Ellos atravesaron la Avenida Providencia conversando hasta que llegaron al restaurante. Fue un trayecto encantador. Alexander aparcó el vehículo al frente del restaurante. Entonces, él se bajó rápidamente y dio la vuelta al vehículo y le abrió la puerta a Victoria. Alexander sonrió amorosamente cuando ella le tendió la mano y bajó. Él habría echo lo que fuera para besarla cuando ella se paró al frente de él. Pero luego, él pensó que algún día ella lo dejaría amarla. Luego caminaron hacia la entrada del restaurante. Mientras caminaban conversando, Alexander se decía que ella no tenía idea cuanto le gustaba.

Entonces, ellos entraron. Adentro, ellos se sentaron a una mesa junto a la ventana. En el centro de la mesa con un mantel blanco, una vela en un candelabro flameaba y hacía que la piel de Victoria luciera bronceada. Las luces bajas hacían el ambiente muy romántico e íntimo. Él era muy rico, pues su padre era parte dueño del canal de televisión, por eso, pudo darse el lujo de invitarla a un restaurante muy elegante. Luego, Alexander y Victoria tomaron el menú y el camarero tomó la orden.

—¿Qué van a cenar? —preguntó el camarero.

—Sopa de almejas y langostas rellenas y ensalada de lechuga con limón —dijo ella.

—¿Y usted señor? —preguntó la camarera.

—Lo mismo, por favor —dijo Alexander.

—¿Y qué van a beber? —preguntó el camarero.

—Vino blanco, por favor —dijo Alexander.

—Para mí también vino blanco —dijo Victoria.

—Muy bien —dijo el camarero y los dejó conversando mientras fue a buscar la comida.

—Te ves hermosa —dijo Alexander mientras la miraba a los ojos.

Ella sonrió. Ellos siguieron conversando muy contentos.

Mientras esperaban la comida, Alexander y Victoria conversaron fascinados.

—¿Te gusta este restaurante? —le preguntó Alexander.

—Sí, es muy bonito.

—Elegí este restaurante pensando en que te iba a gustar.

—Tienes muy buen gusto.

Él pensó que iba por buen camino en su seducción con Victoria porque ella se veía contenta con él. En el aire flotaba el perfume suave de las acacias y otros árboles en flores en la Avenida Kennedy.

Luego, el camarero apareció con la comida y la puso al frente de cada uno. Enseguida, ellos comenzaron a comer.

—¿Estás disfrutando de la cena? —Alexander le preguntó.

—Me encanta.

Ellos se miraban a los ojos mientras comían y conversaban. El vino los hizo sentirse más felices y relajados. Los dos se estaban divirtiendo en su primera cita. Ellos tenían apetito por eso disfrutaron la cena mientras conversaban.

—¡Tienes el pelo hermoso! —le dijo Alexander.

Ella sonrió.

Cuando ellos conversaron de sus pasatiempos, ella le dijo que le gustaba de leer y jugar tenis.

—¡Qué coincidencia a mi también me encanta leer y jugar tenis en mi tiempo libre! —dijo Alexander.

Ella sonrió.

—¿Te gustaría de jugar tenis en mi casa el fin de semana? —él le preguntó.

Ella le dijo que los fines de semana se iba a la casa de sus padres en Las Condes.

—Juguemos tenis este fin de semana —él le dijo.

—Bueno.

Entonces, él le dijo que también le gustaba mucho de viajar. A ella también le fascinaba eso. Ellos se dieron cuenta cuanta compatibilidad había entre ambos. Los dos se estaban conociendo.

A medida que avanzaba la cena, Alexander fue dándose cuenta que Victoria le gustaba mucho más que lo que él se imaginaba.

Entonces, ellos hablaron de la música que les gustaba. Ellos nunca pensaron que tenían tanto en común, pues a los dos les gustaba la música clásica y de vez en cuando iban a escuchar música sinfónica al teatro municipal.

—Podríamos ir a escuchar música al teatro municipal —dijo él.

—Sí.

Cuando terminaron de cenar, ellos se sirvieron el postre de frutillas con crema. Entonces, durante la sobremesa, él sintió deseos de decirle a Victoria lo que sentía por ella. Él pensó de hacerle alguna caricia en la mano mientras él la miraba a sus ojos, pero reflexionó que sería mejor de esperar un tiempo más para eso. Rato después, él le preguntó si quería ir a otro lugar para escuchar música. Ella le dijo que tenía que regresar a su casa porque tenía que levantarse temprano al día siguiente. Ellos conversaron por un rato y luego él la fue a dejar a su casa.

Durante el trayecto al departamento de Victoria, él le quiso declarar su amor otra vez, pero sintió temor a su rechazo. Por eso, él controló su pasión por un tiempo más. Cuando iban llegando a su departamento, Alexander le dijo que había tenido una cena muy feliz con ella y que esperaba jugar tenis con ella el fin de semana.

Ella sonrió y dijo, —Muchas gracias por tu invitación. ¡Ojala que no llueva el fin de semana para jugar tenis!

—Rogaré para que el día este precioso —dijo Alexander con una sonrisa tierna.

Cuando llegaron, él salió del Range Rover rápidamente y

dio la vuelta al vehículo y abrió la puerta para que Victoria bajara. Sonriendo, ella le tendió la mano, se puso de pie, y le dijo:

—Muchas gracias por tu invitación. Lo pasé muy bien.

—Fue un placer —dijo Alexander con una sonrisa seductora.

Ellos se despidieron de beso y entonces él se marchó feliz, con una sonrisa. De camino a su casa, Alexander sonreía contentísimo porque la primera cita había sido un éxito. Él no tenía dudas que quería amar a Victoria una y otra vez. Fue una noche inolvidable para los dos porque era la primera vez que salían a cenar juntos fuera del trabajo.

De vuelta en su departamento, Victoria se paró detrás del balcón del living y contempló los árboles en la Avenida mientras Alexander pensaba en ella. Esa noche las estrellas brillaban en el cielo.

Entonces cuando se acostó en su cama, ella sonrió cuando pensó que la primera cita había estado muy buena. Enseguida, ella se preguntaba, "¿Cómo lo habrá pasado Alexander en la cena?" Ella se decía que hasta ahí, todo iba muy bien.

De camino a su casa, Alexander pensó que no tenía dudas que quería amar a Victoria para el resto de su vida. Él se decía, "Estoy enamoradísimo de Victoria!" Entonces, él se preguntó si ella sentiría lo mismo por él. Cuando él llegó a su casa, él se estacionó al frente de la mansión. Muy contento él se bajó de su vehículo y enseguida se dirigió hacia la entrada y entró a su casa. Él subió a su dormitorio y se sacó su chaqueta. Luego, en pantalón y camisa, él fue a mirar por el balcón. De pie, junto a la baranda, él sonreía mientras se sentía eufórico pensando en Victoria. Él recorría con su mirada el cielo estrellado. Luego miró el jardín. Las lámparas iluminaban por entre las ramas de los árboles. Qué feliz se sentía Alexander cuando se imaginaba caminando con Victoria entre las mariposas y flores. Él deseaba que Victoria hubiese estado con él en ese momento. Rato después, él se acostó sin sacar de su mente a Victoria. En su mente, él veía a Victoria paseando con él en el jardín una mañana soleada. Entonces, él se dio vuelta en la cama y reflexionó de seguir pensando y conquistando a Victoria para el otro día.

"¡Oh, mi amor, como me gustaría que estuvieras a mi lado y besarte una y otra vez!" él se dijo contentísimo y se durmió.

CAPÍTULO VIII

ENCUENTRO CASUAL EN EL TRABAJO

Al día siguiente en el trabajo, Alexander por casualidad se encontró con Victoria en la cafetería. Ellos tomaron un jugo juntos mientras conversaban de jugar tenis el sábado. Alexander no hallaba las horas de jugar tenis con Victoria. Ella iba todos los fines de semana a la mansión de sus padres, pero ese fin de semana, ella decidió de pasar el día sábado con Alexander pues se sentía muy enamorada de él.

Durante los días que Alexander tan sólo vio a Victoria en su trabajo, él pasaba una y otra vez por el frente del edificio a donde ella vivía. Alexander nunca había estado tan enamorado de una mujer como lo estaba de Victoria. Él no hallaba las horas que llegara el fin de semana para estar con Victoria a solas. Victoria también no hallaba las horas de ver a Alexander ese fin de semana.

A veces en las noches, él no podía dormir. Por eso, se levantaba y se paraba en el balcón de su dormitorio a leer el libro sobre como atraer y enamorar a una mujer. Otras veces, él se sentaba en un sillón en el balcón de su dormitorio y se pasaba horas leyendo el libro. Así fue como Alexander mientras más leía, más deseos sentía de amar a Victoria. Él no tenía dudas que Victoria era el amor de su vida.

De apoco, él se fue dándose cuenta que a Victoria le encantaba de conversar con él. Él pensó que a ella le gustaba su personalidad dominante, confidente, y juguetón. Alexander se decía que a él le gustaba de vestir bien, por eso, no tenía que cambiar ese comportamiento. Mientras leía el libro, él encontró extraño que el libro recomendaba de no demostrar mucho interés en la persona deseada, porque eso alejaba a la otra persona. Él demostraba interés por ella sin darse cuenta. Alexander se preguntaba "¿Cómo puede ser que mucho interés en la persona deseada disminuye el interés de la otra persona hacia el conquistador amoroso?" Por eso, a veces, él se alejaba un poco de ella a pesar que se desesperaba por verla.

Alexander trataba de ser divertido con Victoria. Así, él se fue ganando el cariño de ella. A ella le encantaba el estilo juguetón de él mientras él no hallaba las horas de amarla. A Victoria también le gustaba mucho la sonrisa seductora de Alexander que lo hacía irresistible a las mujeres.

El viernes en la noche, Alexander se acostó temprano, pues quería dormir bien para ver a Victoria el día siguiente. Antes de quedarse dormido, él sonrió mientras se preguntaba si Victoria estaría esperando de verlo al otro día. Entonces, él se sentía angustiado y emocionado cuando pensaba que ella a lo mejor no quería verlo. Sus ojos se le llenaron de lágrimas cuando pensó que a lo mejor su amor por Victoria era un sueño. Él pensó de olvidarla y marcharse lejos, si ella no le reciprocara su amor. Pero luego el aire fresco que entraba por el balcón, le hizo sentirse mejor mientras pensaba y recordaba los labios rosados de Victoria. Alexander pensaba en Victoria y se decía que a lo mejor a esa hora ella también estaba pensando en él.

Así pasaron las horas. Él se quedó dormido pidiendo el deseo que fuera un día bonito la mañana siguiente y que ella le reciprocara su amor algún día y él pudiera abrazarla y besarla.

CAPÍTULO IX

Jugar Tenis

Alexander se despertó al amanecer el sábado y su primer pensamiento fue para Victoria, pues estaba desesperado por irla a buscar y jugar tenis. Entonces, él se levantó y después fue a mirar por él balón. Estaba fresco esa mañana mientras él miraba las flores en el jardín pensando en Victoria. Minutos más tarde, él se bañó y luego se puso rápidamente un pantalón corto verde claro, un suéter blanco, y zapatos café deportivos. Después, él bajó al primer piso y en minutos estaba rumbo al departamento de Victoria. Alexander salió de su casa muy contento para ir a buscar a Victoria. Esa mañana estaba preciosa. El cielo estaba azul como los ojos de Alexander. Mientras conducía, él miraba a su alrededor mientras sentía la brisa fresca. Las acacias mecían su follaje con hojas verdes y pétalos en ambos lados de la avenida. A esa hora, las tiendas a lo largo de la Avenida Providencia estaban abriendo sus puertas.

Victoria en su dormitorio se probó un pantalón corto blanco y polera rosada para jugar tenis. Pero cuando ella se miró al espejo, ella pensó que se vería mucho más sexy con una minifalda blanca con rayas celestes a los lados, y una polera rosada, y zapatillas. Enseguida, se probó la falda frente al espejo y con una sonrisa coqueta se decía, "¡Tengo que verme sexy y ser un poco coqueta!" Entonces, risueña y sin dejar de mirarse en le espejo, ella se imaginaba que Alexander la miraba con una sonrisa tierna y seductora.

Cuando Alexander llegó al departamento de Victoria, ella se sintió muy feliz de verlo. Él pensó que Victoria era la mujer más hermosa cuando la vio en ropa para jugar tenis. El corazón de Alexander le latió de prisa cuando él la saludó de beso en la mejilla a Victoria. Él la quedó mirando y sonriendo le dijo:

—¡Te ves muy hermosa!

Ella sonrió un poquito coqueta. Después que se saludaron, ellos salieron. Luego, ellos subieron al vehículo y condujeron rumbo a su mansión que estaba en Las Condes. Esa mañana, el sol de primavera brillaba por todas partes. Durante el trayecto a su casa, ellos conversaron de una y otra cosa. A Alexander le gustaba de mirarle su cara bonita y sonrisa tierna y inocente.

Como en media hora, ellos llegaron a su casa. Muy contentos, ellos entraron a un callejón largo rodeado de álamos plateados que abrió a un patio al frente de una inmensa mansión de tres pisos. Victoria sonrió cuando vio la tremenda mansión. La mansión era muy bonita. Habían balcones en el segundo y tercer piso. Alexander le dijo a Victoria que sus tátara—tátara—abuelo habían construido la mansión hacían más de doscientos años. Algunos empleados estaban limpiando los balcones del segundo piso. La mansión tenía muchas piezas y empleados. Después que se bajaron del vehículo, ellos caminaron hacia la entrada. El mayordomo les abrió la puerta y los saludó. Ellos caminaron conversando muy contentos por el pasillo con techo alto y piso de mármol. En el living que tenía grandes ventanales con vista a la piscina, él la invitó que se sentara en un sofá de cuero blanco.

—Tu casa es muy bonita y grande —dijo Victoria mirando a su alrededor.

—Gracias.

Ella estaba impresionada y sorprendida que Alexander viviera en una mansión tan grande. Pero la mansión de los padres de Victoria era mucho más grande. Él estaba tan contento que se decía que le abría gustado de decirle, "Desde que te conocí, soy muy feliz. ¡Ay mi amor!"

Conversaron un rato, entonces ellos caminaron hacia la piscina. Ahí, Alexander y Victoria se sentaron en sillas reclinables. Alexander le dijo a una empleada que les sirviera jugos antes de comenzar a jugar tenis. En minutos, la empleada llegó con la bandeja con jugos. Victoria se sorprendió cuando vio que había plantas de frutillas cargaditas a un lado de la piscina. Alexander le dijo a una empleada que le sirviera frutillas a Victoria.

—¡Están deliciosas! —dijo Victoria saboreando una.

Alexander sonrió y dijo, —Me encanta escuchar eso.

Entonces, ellos fueron a la cancha de tenis que estaba al lado de un jardín.

Durante el camino, ellos conversaron y miraron el jardín hermoso cubierto de césped. El césped estaba salpicado de rosas rojas, blancas, rosadas. También, habían muchos claveles, amapolas, narcisos, y campanas. En una esquina a la entrada del patio había un tilo y un castaño al otro lado. Al frente del jardín había un huerto de hierbas con manzanilla, menta, orégano, albaca, y poleo. Ella le dijo:

—Cuando era pequeña me gustaba de revolcarme con mis hermanos y primos sobre la manzanilla.

Él sonrió y le dijo, —¡Qué tierno!

Ese día, el cielo estaba azul y las abejas zumbaban y volaban entre los albaricoques cubiertos con flores rosadas. Victoria también le contó a él que en la casa de sus padres le encantaba de jugar tenis con sus hermanos. Él sonrió contento y dijo, —¡Qué interesante!

Los pájaros cantaban entre los árboles en flor mientras ellos conversaban.

—En el verano tiene que ser mucho más bonito aquí —dijo Victoria.

—Sí, los árboles se cubren con frutas.

Entonces, ellos llegaron a la cancha de tenis. El aire estaba lleno a olor a manzanilla y menta.

—¡Qué hermoso día para jugar tenis! —dijo Alexander.

—Maravilloso.

Ellos comenzaron a jugar tenis muy contentos.

Mientras jugaban, él la encontró muy atractiva, elegante, y misteriosa porque tuvo el poder de volverlo loco de amor por ella desde el primer día que la conoció.

Él estaba fascinado por lo buena que era Victoria para jugar tenis. Después de un rato, se tomaron un jugo de fruta y luego siguieron jugando.

—¿Podrías jugar en algún torneo de tenis? —dijo Alexander.

Ella sonrió. A los dos sus pelos se les veían mojado con transpiración.

Mientras se entretenían jugando, Alexander se decía como

le gustaría que Victoria fuera su novia y casarse con ella. Pero se angustiaba cuando pensaba que todavía estaba en el proceso de seducción. Ese día, él encontró muy elegante a Victoria, pero un poco caprichosa, porque cuando él le sugirió que podían descansar un poco ella quiso seguir jugando. Alexander estaba dispuesto a ganarse su amor, a pesar que muchas veces no podía dormir pensando en ella.

Esa mañana estaba calurosa. El follaje de los árboles se mecía alrededor de la cancha de tenis mientras ellos jugaban tenis muy contentos.

Mientras jugaban tenis, Alexander pensó que nunca había sido tan feliz jugando tenis con otra mujer.

Ellos disfrutaron jugando tenis. A la hora del almuerzo, ellos regresaron a la casa.

Ese día almorzaron en la terraza de la piscina en la mansión de Alexander. El almuerzo de cazuela de pollo, asado de vacuno con puré, y frutillas como postre estuvo muy bueno. El buen vino tinto no podía faltar. Después que almorzaron, él la invitó a la biblioteca para mostrarle algunas fotografías de cuando había estudiado en el extranjero.

Victoria con curiosidad le hacía preguntas a Alexander acerca de las fotografías.

—No sabía que habías estudiado en la Universidad de la Sorbona —dijo Victoria.

Él sonrió y dijo, —Sí, estudié francés ahí.

—Esa universidad es una de las más antiguas como la Universidad de Cambridge —dijo Victoria.

—Sí, y ofrece muchos cursos de francés y de cultura francesa.

Rato después, ellos fueron al jardín. Ahí se escuchaba el gorgojeo y canto de los pájaros entre los árboles. Algunos picaflores y mariposas volaban entre las flores. Las azaleas se veían muy bonitas.

Después que caminaron un poco por el jardín, ellos se pusieron a hablar de la literatura inglesa y castellana y se entretuvieron en una discusión sobre la novela, "Hija Rica, Amor Duradero, Y Traición" de Miryam M. Roche que a los dos les encantaba.

—Me gustó mucho como el amor ayudó a la protagonista a sobre ponerse a la muerte de su padre —dijo Alexander.

—A mí también me gustó mucho esa parte.

—¿No crees que la novela es como catarsis para la protagonista? —preguntó Alexander.

—Tú eres muy erudito.

Él sonrió con una sonrisa tierna y ella también sonrió. Ellos siguieron paseando y conversando por el jardín. Cuando ella dispuso de irse, él le dijo:

—No todavía. Es temprano.

Ella sonrió. Él la miró con una sonrisa seductora.

Él estaba tan enamorado de Victoria que se sentía el hombre más feliz de estar al lado de ella.

Esa tarde, ellos cenaron muy felices en el living del segundo piso. Antes que él la fuera a dejar a su casa, Alexander le dijo a Victoria que era muy bonita. Ella sonrió pues se sentía muy feliz con él. A ella le gustaba Alexander, pero no quería enamorarse de él porque sabía que estaría arriesgando su trabajo.

Después de la cena, ellos escucharon música por un rato. Luego, él la fue a dejar a su casa y él regresó a la suya.

Aquella noche, Alexander soñó que Victoria y él recorrían en un yate por la Costa Azul en Francia. Ella se veía muy bonita con su piel bronceada y su pelo rubio sobre sus hombros. Cuando el ladrido de un perro lo despertó, él quería seguir soñando. Mientras intentaba de seguir soñando, él sonreía mientras recordaba el sueño. El sueño le pareció como una premonición de que él sería muy feliz con Victoria. Con una sonrisa seductora, él recordó la parte erótica del sueño cuando ella lo miraba con sus ojos llenos de placer después que habían echo el amor. Más tarde, él se levantó y fue a mirar por el balcón. El aire fresco le hacía sentirse más feliz y excitado. Él dejo vagar su vista por el cielo estrellado mientras pensaba en Victoria. Él se preguntaba si en ese momento ella estaría pensando en él.

CAPÍTULO X

SEGUNDA CITA

Cuando llegó el verano mientras Alexander veía y conversaba con Victoria en su trabajo casi todos los días y a veces la invitaba a salir con él, él seguía empeñado en ganarse su cariño para que algún día fuera su mujer. A veces, él se sentía frustrado cuando quería declararle su amor, pero sentía temor a su rechazo. Una mañana de un fin de semana, Alexander fue a buscar a Victoria a su departamento para que fuera a desayunar con él. El pensamiento que iba a buscar a la mujer que amaba lo hacía feliz. En su mente, él veía los ojos penetrantes de Victoria que lo desesperaban con deseos por ella. Cuando encendió la radio, una de sus canciones románticas favoritas estaba tocando. Él subió el volumen. Alexander se sentía tan feliz que apretaba el acelerador y ni se daba cuenta cuando depasaba el limite de velocidad.

Cuando Alexander llegó al departamento de Victoria, ella lo estaba esperando. Después que se saludaron de beso, ellos salieron. Esa mañana, Victoria se veía sexy en jeans ajustados talla baja, una polera rosada, y chalas. Alexander también se veía guapísimo en pantalones cortos, una polera blanca, y zapatos al tono.

—¡Te ves hermosa! —le dijo Alexander con una sonrisa seductora.

Ella sonrió. Ella se había dado cuenta que Alexander quería que ella fuera más que amiga, pero quería que él le declara su amor. Ella sabía que a los hombres no les gustaba que la mujer les declarara su amor. Ella estaba contenta con Alexander, a pesar que él tan sólo la seducía. Ella nunca se había sentido tan atraída por un hombre como se sentía por Alexander. En su vehículo, mientras ellos conversaban muy contentos, ella lo miraba y lo encontraba muy guapo. Después que cruzaron la Avenida providencia, ellos se demoraron como quince minutos en llegar a su casa. Cuando llegaron, él se bajó y dio la vuelta al vehículo y le abrió la puerta para que ella bajara. Él le tendió la mano y ella bajó sonriendo. A ella le encantaban sus maneras clásicas y tradicionales.

Luego fueron a la terraza de la piscina y se sentaron a una mesa para desayunar. Mientras una empleada les servía el desayuno, ellos conversaban. Alexander sabía que a Victoria le encantaba el queso fresco de vaca, por eso, ese día, tenía queso de vaca. Después de un rato, la empleada puso la comida al frente de cada uno. Esa mañana, Victoria le colocó queso fresco a una rebanada de pan tostado.

—El queso tiene un gusto buenísimo —dijo Victoria.

—¡Qué bueno que te guste!

Alexander estaba contento que tenía la comida que le gustaba a Victoria. Mientras desayunaban, el follaje de los árboles se movía lentamente alrededor de la terraza.

Aquel día después que desayunaron, ellos pasearon conversando por el lado de la piscina y luego fueron a la quinta con frutas. Ahí, ellos se subieron a un manzano que estaba cubierto con manzanas. Ellos rieron como niños cuando Victoria sacudió una rama y cayeron hartas manzanas.

—Hacía mucho tiempo que no me subía a un árbol —dijo Alexander.

—Yo también.

Después que comieron manzanas en el árbol, se bajaron. Entonces, ellos recogieron algunas manzanas y caminaron a la mansión. Mientras caminaban conversando, los pájaros cantaban en las ramas de los árboles.

Cuando se dieron cuenta lo feliz que eran comiendo frutas en los árboles, quedaron de verse el fin de semana.

Así Victoria volvió una y otra vez a la mansión de Alexander. Con Victoria la felicidad regresó a Alexander porque el pensó que a ninguna otra mujer le había gustado de subirse a los árboles como le gustaba a Victoria. Alexander se dio cuenta cuanto tenían en común entre los dos.

—Desde ahora tendré con quien disfrutar la quinta de fruta y el jardín —dijo Alexander.

A la hora del almuerzo, ellos almorzaron en la terraza del comedor al frente de la piscina. Mientras almorzaban sopa de almejas la cual le encantaba a los dos, los árboles movían sus hojas alrededor. Luego caminaron al jardín. Ahí, Victoria y Alexander se entretuvieron caminando y conversando mientras algunos conejos se les cruzaban por su camino.

Después de un rato, se sentaron en el pasto.

—Me encanta el verano cuando los árboles se cubren de frutas —dijo Victoria.

—Si es una de las mejores épocas del año.

—¿No te gusta la primavera?

—¡Sí, me encanta!

—A mi también.

Alexander le contó a Victoria que a él le encantaba de leer poemas sobre la naturaleza. Ella estaba sorprendida porque a los dos les gustaba eso.

—¿Qué poetas te gustan? —preguntó Victoria.

—William Wordsworth

—A mi también me encanta ese poeta que idealiza la naturaleza y la inocencia de los sentimientos de los campesinos.

—Sí, la naturaleza lo inspiró a escribir sus poemas.

—¿Has leído *Summer Shower* de Clare?

—Sí, y me encantó. Pero el describe la naturaleza como es y no la idealiza como lo hace Wordsworth.

—Sí, es verdad que él se siente parte de la naturaleza.

—Por eso, la literatura romántica inglesa del siglo XIX es encantadora.

—Sí es fascinante.

Luego se pararon a conversar por un rato. De pie al lado de un rosal, ellos miraron las mariposas que volaban entre las rosas.

—Cuando era niña, me encantaba de correr detrás de las mariposas —dijo Victoria con su voz amorosa.

—¡Qué romántico! A mi me gustaba de perseguir a los conejos.

Ellos se rieron. Entonces, siguieron caminando. El follaje de los árboles se mecía con la brisa de verano.

Entonces, él le preguntó si estaba en alguna relación amorosa formal.

—No —contestó ella.

—Tienes que tener muchos pretendientes, pues eres muy

bonita.

Ella sonrió y dijo:

—No tengo pareja.

—Eres hermosa.

Así Victoria de vez en cuando lo pasaba muy bien con Alexander. Él se acostumbró a que Victoria fuera a su casa y la echaba de menos cuando no iba.

CAPÍTULO XI

TE ECHO DE MENOS

Así, aumentaron la frecuencia de los encuentros de Victoria y Alexander, pero aún eran amigos porque él sentía temor de declararle su amor. Qué feliz se sentía Alexander cuando se encontraba con Victoria en su trabajo o él la invitaba, pero inesperadamente, un día ese verano, ella se fue de vacaciones por dos semanas al fundo de su familia en el sur de Chile.

Ese día que Alexander fue a trabajar y no vio a Victoria, él se sintió sin ganas de hacer nada. Él la echaba mucho de menos.

—¡Cómo me gustaría de volverla a ver! —Alexander se repetía.

Las horas y los días pasaban lentamente cargadas de angustia y soledad para Alexander mientras Victoria no le respondía las llamadas telefónicas. Pobre Alexander no tenía ganas de trabajar. A veces se pasaba las noches sin dormir pensando en ella y cuando miraba por el balcón, la neblina lo hacía sentirse más melancólico pensando en Victoria. Ella lo estaba pasando muy bien con su familia. Alexander ya no podía soportar de estar sin ella. Él no dejaba de preguntarse, ¿A dónde estará, Victoria? ¿Por qué no me dijo que se iba de vacaciones?

Una noche, él no podía quedarse dormido pensando en Victoria. Él se levantó y fue a mirar por el balcón. Eran casi las tres de la mañana del miércoles por la noche. Ese día, Alexander no había comido nada, pues estaba muy depresivo por no haber visto a Victoria. Después de un rato, él se sentó en un sillón en el balcón de su dormitorio recordando las veces que él había paseado con Victoria entre las flores del jardín. Él se decía que ninguna mujer era tan hermosa como Victoria, pues él había sentido una atracción hacia ella a primera vista.

Una mañana al amanecer mientras Victoria estaba todavía con vacaciones de verano, Alexander despertó con el canto de los pájaros. Él se levantó y miró el huerto de frutas y se imaginó lo feliz que había sido cuando comía frutas en los árboles con Victoria.

Esa misma mañana, Victoria se levantó temprano para ir a cabalgar en el fundo de trigo. Había una brisa fresca mientras algunos trabajadores ensillaban los caballos. Entonces, los caballos estaban en el patio. Victoria montó a un caballo y los demás también. Enseguida, ellos salieron cabalgando por el callejón. Los perros corrían moviendo sus colas al lado de ellos, pues se contentaban mucho cuando ellos salían a cabalgar. Ellos cruzaron el callejón y luego llegaron al fundo de trigo el cual lo estaban cosechando. Los árboles polvorientos se mecían con la brisa fresca.

Hacia delante, ellos galoparon en el trigo que había sido cosechado. Ellos se detuvieron en un río para que los caballos tomaran agua. Luego siguieron galopando. A veces los caballos relinchaban y ellos reían, "ja, ja, ja."

Mientras galopaban y reían Victoria se preguntaba si Alexander habría disfrutado cabalgando con ellos. Entonces, ella sonreía cuando se imaginaba que Alexander se sentía muy feliz galopando con ellos.

Horas más tarde, ellos regresaron a la casa para almorzar. Ellos desmontaron y caminaron hacia la terraza pues hacía mucho calor. Las empleadas estaban preparando la mesa para almorzar en la terraza. Ese día, ellos almorzaron muy contentos. Mientras comían, ellos recordaban su cabalgadura.

Después que almorzaron, ellos conversaron por un rato y luego fueron a cabalgar otra vez. Mientras cabalgaban, ellos se sacaron fotografías. Regresaron a la casa antes de la cena.

Esa noche, ellos cenaron en la terraza pues hacía mucho calor. Conversaron muy entusiasmados durante la cena. Entonces, ellos se fueron acostar.

Esa noche de verano, Victoria no podía quedarse dormida pensando en Alexander. Por eso, se levantó y descalza fue a mirar por el balcón. Ella sonreía cuando se imaginaba a Alexander mirándola de su cama.

Para Alexander, fueron los días mas largos, calurosos, y aburridos cuando Victoria se fue de vacaciones al sur de Chile. Alexander había bajado de peso porque no sentía apetito. Algunos días, él ni siquiera fue a trabajar. A veces llovía y el ruido de los truenos lo ensordecía. Una noche cuando un dulce perfume de las manzanas entró por el balcón de su dormitorio, Alexander sonrió mientras echaba de menos a Victoria. Luego se quedó dormido y no fue a trabajar el día siguiente.

CAPÍTULO XII

MÁS CONQUISTA AMOROSA

Pero otra mañana esa semana, Alexander hizo un esfuerzo de ir a trabajar. Él esperaba que iba hacer un día aburrido y caluroso sin Victoria. Inesperadamente, esa mañana, él sonrió contentísimo cuando iba llegando al estacionamiento del canal de televisión y vio a Victoria caminando hacia la entrada del edifico. Él se apresuró y le dijo:

—¡Victoria!

Ella no lo escuchó.

—Victoria —él le dijo otra vez.

—¡Oh, Alexander! —ella se volvió hacia él.

—¡Qué feliz de tenerte de vuelta!

Ella sonrió.

Se saludaron de beso. Victoria estaba contenta de ver a Alexander.

—¿Me echaste de menos? —él preguntó bromeando.

—Sí un poco —dijo ella sonriendo.

La brisa fresca le movía el pelo a Victoria. Entonces, ellos caminaron conversando hasta que entraron al edificio. Adentro, ellos se dirigieron a sus oficinas que estaban en el segundo piso. A Alexander le encantaba verla caminar graciosamente. En su oficina, él se decía, "¡Qué alegría que este de vuelta! ¡Qué bonita se veía!" En realidad ella lo había pasado tan bien con su familia que casi ni se había acordado de Alexander mientras él estaba desesperado por verla. Él sintió que su corazón le latió más rápido cuando Victoria se acercó a él. Ese día Alexander encontró a Victoria fascinante e irresistible. Él se dio cuenta que en su ausencia se había enamorado como un loco de ella. Él conocía a Victoria más allá del lugar de trabajo porque la había invitado varias veces a su casa y a comer en restaurantes, por eso, él pensaba que se avenían muy bien porque tenían muchas cosas en común. Ese día, a pesar que todavía Alexander ocultaba su amor por Victoria, él buscó una y otra excusa para pasar por afuera de su oficina y verla.

En su oficina, mientras Alexander trabajaba, él reflexionó acerca de las consecuencias de su romance con Victoria y llegó a la conclusión que si ella le reciprocara su amor, él sería el hombre más feliz del mundo. Alexander pensó que era moralmente correcto de seducir a Victoria porque no estaba comprometida con nadie y verdaderamente él la amaba. Sus fantasías amorosas con victoria lo hacían sentirse energético y muy feliz.

Ese día, Alexander y Victoria almorzaron juntos en el restaurante del canal de televisión. Durante el almuerzo, ellos conversaron contentos.

—¿Qué tal lo pasaste en el sur? —le preguntó Alexander.

—Muy bien. Cabalgué con mis hermanos en el fundo

de trigo, me levantaba temprano pues me encanta el rocío húmedo de la mañana, y comí todas las comidas de la temporada.

—¡Qué interesante! A mi también me encanta el rocío de la mañana.

—A veces me levantaba temprano y iba a correr alrededor del campo y me sentía muy contenta cuando veía el pasto verde y las flores silvestres mojadas con el rocío de la mañana.

—Yo a veces también me levantaba temprano y iba a caminar por el jardín.

Así Victoria y Alexander disfrutaron de su reencuentro.

Cuando terminaron de almorzar, ellos conversaron por un rato y luego ella dijo:

—¡Vamos!

Ella se paró y se alisó su falda y siguió caminando junto a Alexander. Ellos volvieron a sus trabajos muy contentos.

CAPÍTULO XIII

¿LE DECLARO MI AMOR A VICTORIA?

Amanecía ya una mañana de ese verano cuando Alexander despertó. Abrió sus ojos angustiado y se preguntó cuánto tiempo más tendría que esperar para declararle su amor a Victoria. De repente, él sintió un vacío y tristeza de no estar con Victoria. Él se sentía sólo y la echaba de menos. Él reflexionó que no esperaría más y que estaba dispuesto a declararle su amor esa misma mañana. Saltó de la cama y eligió su terno más bonito para impresionar a Victoria. Él se decía que le gustaría de amarse con Victoria a la luz de una vela al amanecer. Él se sentía muy enamorado. Alexander se preguntó si Victoria le iría a reciprocar su amor. Dejándose llevar por su instinto, él pensó que Victoria le reciprocaría su amor.

Era una soleada mañana en Santiago cuando Alexander salió de su casa con su maletín y se dirigió a su trabajo con la esperanza que Victoria aceptaría su amor. Esa mañana había mucho tráfico. A él le habría gustado de pisar con fuerza el acelerador para llegar más rápido a su oficina, pero el tráfico avanzaba lentamente. Pensando en Victoria, el trayecto de su casa a su trabajo pasó volando.

Como una hora después, Alexander llegó al edificio a donde trabajaba. Él aparcó su vehículo muy contento. Cuando miró a su lado, su corazón le latió más rápido cuando vio él vehículo de Victoria aparcado a un lado. Victoria ya había llegado. Enseguida, bajó del vehículo y caminó a grandes pasos hacia él edificio. Él sonreía mientras se decía que sería mucha coincidencia que se encontrara con Victoria en su camino.

Muy contento entró al edificio y caminó por el lobby mientras buscaba a Victoria con su mirada. Pero Victoria no se veía. Mientras avanzaba hacia su oficina, él se decía que Victoria tiene que haber estado en su oficina. Cuando él caminó por el frente de la oficina de Victoria, ella no estaba ahí. Alexander se sintió frustrado. Después que él entró a su oficina y colocó su maletín en su escritorio, él fue al pasillo a tomar agua con la escusa de ver a Victoria. Pero ella no estaba ahí. Él se encogió de hombros y se preguntó adónde podría estar Victoria.

Por suerte, un rato después cuando Alexander fue por segunda vez a tomar agua en la fuente en el pasillo, él vio a Victoria caminando hacia su oficina. Él se apresuró a saludar y conversar un poco con Victoria con cualquier escusa para invitarla a cenar con él. Inesperadamente, Alexander se tropezó en algo mientras caminaba sonriendo hacia ella. Victoria corrió a sujetarlo de un brazo para que no cayera. Él sonriendo recobrando su compostura le dijo:

—Gracias, Victoria.

Ella sonrió. En ese momento, Alexander la invitó a cenar el viernes de esa semana, pues ese día era feriado. Ella le agradeció su invitación, pero le dijo que tenía otros compromisos ese fin de semana. Alexander le rogó y la convenció que fueran a cenar. Ellos quedaron de acuerdo que él iría a buscarla a su departamento el viernes en la tarde. Entonces, ellos caminaron conversando muy contentos a sus oficinas.

Antes de que llegaran a sus oficinas, Alexander le dijo:

—¡Nos vemos el viernes!

—Sí —ella sonrió y entró a su oficina.

Cuando Alexander llegó a su oficina, él se sentó detrás de su escritorio y se aflojó un poco su corbata mientras pensaba si Victoria le iría a reciprocar su amor ese fin de semana.

Ese día se pasó rápido. Alexander no hallaba las horas que llegara el viernes para salir con Victoria.

CAPÍTULO XIV

¿Será Una Cita Exitosa?

El jueves en la mañana, Victoria se levantó al amanecer. Sonriendo ella eligió un vestido verde claro largo ajustado y cuello bajo y zapatos taco alto blancos para la cita con Alexander. Esa mañana cuando Victoria miró por el balcón, ella se dio cuenta que el día siguiente sería tan bonito como ese día. Entonces, ella dispuso que llevaría el pelo suelto sobre sus hombros.

Después que Victoria eligió la ropa que usaría el día siguiente para salir con Alexander, ella se puso en marcha a su trabajo. Mientras conducía a su trabajo, ella se decía que quería sorprender a Alexander el día siguiente.

Ese día en su trabajo, ella no vio a Alexander, pues él había ido a reportear una protesta estudiantil en el centro de Santiago.

En la tarde, ella regresó a su departamento pensando en Alexander.

De vuelta en su departamento, ella se fue acostarse temprano pues no hallaba las horas de que llegara el día siguiente para ir a cenar con Alexander.

Esa noche en su dormitorio hacía calor cuando Victoria se acostó en su cama. Ella tiró el cubrecama para el lado y estiró la sabana. Entonces, ella sonrió cuando recordó lo que sintió la primera vez que se conoció con Alexander.

Antes de quedarse dormida, ella se preguntaba qué pasaría si Alexander le pidiera la prueba del amor el día siguiente. Ella pensó que amaba a Alexander, pero que no aceptaría la prueba del amor porque si realmente la quería tendría que esperar para eso hasta el matrimonio. Además, ella se decía que tenían que conocerse más, pues todavía se estaban comenzando a conocer. Ella sabía que no quería una relación amorosa pasajera con él, pues quería casarse con Alexander. Entonces, ella se decía que durante la cena el día siguiente, ella no debería de estar nerviosa, sino que relajada.

Victoria se decía que Alexander era el único hombre a quien amaba. Las estrellas brillaban mientras ella sonreía y se preguntaba, "¿Cómo se comportará Alexander mañana cuando vamos a cenar?

PARTE II

ENAMORAMIENTO

CAPÍTULO XV

¿ME RECIPROCARÁ MI AMOR?

Como lo habían planeado, ese día viernes Alexander fue a buscar a Victoria a su departamento. Cuando llegó al lobby del edificio, él se sintió feliz cuando vio a Victoria sentada en un sofá esperándolo. Al verlo, ella se sobresaltó y lo miró con su cara sonriente mientras él caminaba hacia ella.

—¡Hola Victoria! —Alexander la besó en la mejilla con una sonrisa seductora—. Te ves muy hermosa.

—Hola ¿Cómo estás? —contestó ella sonriendo.

—Listo para ir a cenar.

Enseguida, ellos fueron al vehículo. Él le abrió la puerta de su coche para que ella subiera. Muy contentos, ellos salieron en dirección al restaurante que estaba en Las Condes. Ella andaba con un vestido blanco con escote rebajado y chalas blancas con taco alto. Alexander estaba loco por declararle su amor. Ellos conversaban entusiasmados mientras avanzaban hacia el restaurante. Había mucho tráfico esa tarde. A veces cuando el tráfico avanzaba lentamente, él la miraba a los ojos y la encontraba muy hermosa. Él estaba loco por declararle su amor. Él la invitó a un restaurante íntimo y romántico. Él quería una cena intima para declararle su amor.

Como una hora después, ellos llegaron a su destino. Ellos se detuvieron y se estacionaron al frente del restaurante, se bajaron del vehículo, y luego caminaron hacia la entrada del restaurante. El restaurante se veía como una mansión. Él abrió la puerta del restaurante para que ella entrara primero. Entraron. Victoria se sorprendió que Alexander la hubiese invitado a un restaurante tan romántico. Mientras ellos caminaban a una mesa en la terraza al lado de un jardín, ellos miraban las mesas cubiertas con manteles blancos. La terraza estaba a media luz, pues tan sólo una vela en un candelabro en cada mesa iluminaba. En segundos, ellos se sentaron a la mesa que Alexander había reservado. Una rosa al lado de la vela se veía muy romántica mientras se escuchaba música clásica de fondo. Luego, un camarero tomó su orden. Ellos ordenaron la comida y vino blanco. Los dos pidieron langosta a la vinagreta con ensalada y puré de papas. Mientras les llevaban la comida, ellos conversaban.

—¡Me encantan las rosas rojas! —dijo Victoria mirando la rosa roja que estaba al lado de la vela.

—Seguramente es del jardín porque este restaurante esta rodeado de rosales.

—¡Qué romántico! —dijo Victoria.

—Después que cenemos te mostraré el jardín con rosas rojas, rosadas, y de otros colores.

—Sí, me encantaría. Las rosas rojas son mis preferidas.

—A mi también me encantan las rosas rojas.

En eso estaban conversando cuando un camarero llegó

con la comida y la puso al frente de cada uno. Enseguida, el camarero los dejó disfrutando la cena. Alexander y Victoria comenzaron a comer muy contentos.

—¡La langosta está muy buena! —dijo Alexander.

—Sí.

Entonces mientras comían, ellos hablaron de sus familias. Él le contó que era hijo único y ella le dijo que tenía hartos hermanos y hermanas.

—Cuando era niño soñaba con tener hermanos para jugar —dijo Alexander.

—Yo tenía hartos hermanos y primos para jugar.

—Yo me acuerdo que a veces me imaginaba como sería de tener hartos hermanos.

—Es maravilloso. Yo a veces jugaba con mis primos y lo pasábamos muy bien. Sobre todo en los veranos lo pasábamos muy bien en el campo durante la cosecha de trigo.

—¡Qué interesante! Se nota que te llevabas muy bien con tus hermanos y primos.

—Sí.

—Yo me lo pasaba muchas horas con mi institutriz aprendiendo idiomas, a tocar el piano, o pintando. Mis padres tenían una manera antigua de la buena educación.

—Yo y mis hermanos también nos pasábamos horas aprendiendo inglés y francés, pero lo practicábamos entre nosotros, pues nuestro tutor nos decía que la mejor manera de aprender idiomas era usándolos.

Los dos se notaban interesados en saber de sus familias. Así ellos se entretuvieron conversando. Luego conversaron de anécdotas en su trabajo como periodistas. Ella dijo:

—Me acuerdo que la primera semana que comencé a trabajar como periodista, un día cuando venía entrando al edificio, una persona se me acercó para pedirme mi autógrafo.

—¿Se lo diste? —preguntó Alexander.

—Sí.

—La gente se ilusiona con los periodistas y piensan que somos celebridades. Pues, a mi también me han pedido autógrafos —comentó Alexander.

—Exactamente.

Mientras conversaban, Alexander la encontró más encantadora, atractiva, e inteligente. Ella también lo encontró mucho más guapo, interesante, y inteligente. Él se dio cuenta que ella sentía la misma pasión que él por su trabajo como periodista.

Entonces, ellos conversaron por qué habían elegido de ser periodistas.

—Cuando era adolescente quería estudiar psicología como mi madre, pero antes de graduarme de la enseñanza media me obsesioné por estudiar periodismo —dijo Victoria.

—Mi padre era periodista, por eso, quise estudiar periodismo. Pero también quería estudiar pedagogía en inglés.

—Mi familia me apoyó para que estudiara periodismo y por eso soy periodista.

Él la miró con una sonrisa seductora y dijo:

—Y haces tu trabajo de periodista muy bien.

—Gracias —dijo Victoria con una sonrisa.

Entonces, ellos rieron cuando se estaban sirviendo el postre de cerezas con crema y una cereza que Alexander pinchó, saltó lejos de su plato.

—Disculpa, Victoria. Esto nunca me había ocurrido —dijo Alexander un poco avergonzado.

Ella sonrió y dijo.

—Está bien.

El camarero recogió la cereza y se la llevó a la cocina.

Luego regresó con otro plato con cerezas.

Durante la cena, ellos hablaron de sus vidas. Comieron felices mientras conversaban y se conocieron más.

Al fin terminaron de cenar. Entonces, conversaron por un rato y luego fueron a caminar por el jardín que rodeaba el restaurante. Mientras ellos paseaban conversando por los senderos, la luz de las lámparas brillaba entre las ramas de los árboles. El jardín con rosales se veía muy romántico y elegante. Los árboles frondosos movían sus hojas lentamente con la brisa de verano. Cuando caminaron por el lado de un rosal, él tomó una rosa roja y se la regaló a Victoria.

—¡Gracias, es muy bonita! —dijo Victoria sonriendo.

Alexander la miró tiernamente cuando ella olió el perfume de la rosa y sus pétalos le tocaron sus labios.

Más adelante, ella sonrió cuando la rama de un rosal le rozó su cara y ella sintió cosquilla. Cuando ellos llegaron a una fuente que chispeaba agua, ellos se detuvieron y contemplaron la fuente. De repente, ellos escucharon algo que se movió en un rosal. Por un rato escucharon, pero no se escuchó otro ruido.

—Tiene que haber sido un conejo —dijo Alexander sonriendo.

—¿Un conejo? —Victoria le preguntó sonriendo con curiosidad.

Ellos siguieron conversando mientras la brisa movía el follaje de los rosales. Rato después, ellos se dieron cuenta que había un nido con pajaritos en una rama. Ellos se acercaron al nido y sonrieron amorosamente cuando vieron a los pajaritos que se movían en el nido. Algunos pajaritos se asomaban al borde del nido y piaban.

Entonces, ellos siguieron conversando. Ella le contó a Alexander que le encantaba de levantarse temprano en el verano y caminar por el campo.

—A mi también me gusta el campo —dijo Alexander.

—Cuando era adolescente, me encantaba de sacarme los zapatos y caminar por el césped húmedo con el rocío de la mañana.

Entonces, él le preguntó otra vez si estaba en alguna relación formal.

—No. ¿Y tú?

—Yo tampoco tengo pareja.

A veces, él rozaba su mano con la de ella y ella sonreía.

De repente, él pensó que no tenía que seguir siendo amigo de Victoria y esperar más tiempo para declararle su amor porque ese era el momento perfecto y el lugar ideal para eso.

Por fin llegó la hora cuando Alexander le declaró su amor a Victoria y le dijo:

—Todo comenzó cuando te vi la primera vez y me enamoré de ti a primera vista. En ese momento, supe que eras la mujer que siempre soñé. Me encantas y me siento feliz cuando estoy a tu lado. Por eso, si aceptas ser mi enamorada, te prometo que trataré de hacerte feliz cada segundo, pues quiero que siempre estés a mi lado. Estoy enamoradísimo de ti.

Ella sonrió sorprendida mientras él la miraba con ternura a sus ojos. A pesar que ella también se había enamorado de él a primera vista, le dijo que podrían esperan un poco tiempo más. Victoria se dio cuenta que Alexander estaba enamorado de ella. Él le dijo que esperaría la respuesta. Después de un rato, ella lo miró a sus ojos y le dijo:

—Sí, acepto ser tu enamorada.

Él se acercó lentamente a ella mientras sus manos le sudaban. Él le tomó sus manos que estaban también sudorosas y la besó una y otra vez mientras los pájaros piaban a su alrededor. Ella sintió el latido de su corazón mientras él sentía el de ella. Él se dio cuenta de que ella también lo amaba y lo estaba esperando para que él le declarara su amor.

—Oh, cariño, me enamoré de ti la primera vez que te vi en el canal de televisión —le dijo Alexander besándola.

Ella sonrió.

—Oh, Victoria, te amo. Nunca antes había amado tanto como te amo —le susurró Alexander en el oído.

Por fin, él supo que su amor era reciprocado. Los dos estaban felices de su romance. Desde ese día, ellos se siguieron viendo fuera del trabajo y en el trabajo. A veces, ellos iban a caminar por la plaza, cenaban juntos, o él la invitaba al cine. En su trabajo, ellos trataban de disimular su romance. Pero, sus encuentros no eran más que conversaciones y besos. Alexander se había enamorado como un loco de Victoria, por eso, quería estar siempre con ella. Así, ellos siguieron saliendo juntos mientras más se enamoraban.

Un día, Alexander le dijo a Victoria que quería conocer a su familia. Ella le dijo que esperaran un poco más tiempo, pues ella quería estar segura que su relación amorosa prometía un buen futuro. Él le dijo que estaba bien y que esperaría. Así fue como Victoria pensó que tarde o temprano, ella tendría que presentarle a sus padres al hombre que amaba. A veces cuando Victoria se despertaba en las mañanas, ella se preguntaba, ¿Lo aceptará mi familia? ¿Cómo se llevarán?

CAPÍTULO XVI

¿TE ACEPTARÁ MI FAMILIA, MI AMOR?

A lo largo de sus sucesivos encuentros amorosos, un sábado, Victoria le presentó Alexander a su familia. Victoria le había dicho a sus padres y hermanos que les iba a presentar al hombre que amaba. Ella les dijo quien era, como se habían conocido, y que se llevaban muy bien. Ellos estaban felices por conocerlo en persona, pues lo habían visto muchas veces en televisión. Ella también le había dicho a Alexander acerca de sus padres y hermanos y las cosas que le gustaban a su familia. Él iba hacer lo mejor para agradarle a su familia. Alexander se angustiaba cuando se preguntaba que pasaría si no le agradara a la familia de Victoria. El viernes por la tarde ella se había ido a la mansión de sus padres para estar ahí ese día. Ella se había alojado ahí.

Ese sábado en la mañana, Victoria se levantó temprano

muy contenta mientras anticipaba de pasarlo bien con Alexander y su familia. Después que se bañó, ella se colocó un vestido blanco y chalas rosadas. Ella sonreía mientras se miraba al espejo y se imaginaba que Alexander la besaba y la encontraba sexy. Esa mañana, ella se iba hacer un moño, pero después se dijo que el pelo suelto se le vería mucho más sexy. Su pelo rubio le brillaba a Victoria. Mientras se miraba en el espejo coqueteando, ella no dejaba de preguntarse si Alexander la iría a encontrar atractiva. Minutos más tarde, se paró en el balcón de su dormitorio haciéndose muchas preguntas.

Entonces cuando fue al comedor principal, los hijos de sus hermanos mayores estaban desayunando con la supervisión de sus niñeras.

—¿Cómo está el desayuno? —les preguntó Victoria.

—Muy bueno, tía —uno de los sobrinos respondió.

Victoria se sentó a la mesa al lado de los niños y ellos le comenzaron a conversarle.

—¿Quiere un pedazo de pan con mermelada y mantequilla, tía? —le preguntó uno de los sobrinos a Victoria.

—Sí, cariño.

El niño le dio un pedacito de pan con mermelada y mantequilla a Victoria y ella le dio un beso en su mejilla pegajosa.

Después que conversaron un poco, Victoria se paró de la mesa y dijo:

—¡Disfruten su desayuno!

—Sí, tía —dijeron los niños casi en coro.

Entonces, ella salió al patio, pues no hallaba las horas que llegara Alexander. Rato después, ella se encontró con algunos de sus hermanos en la terraza de la piscina.

—Buenos días, Victoria. ¿Cómo amaneciste? —le preguntó

uno de sus hermanos.

—Muy bien, gracias y ¿tú? —contestó Victoria.

—Esperando de conocer a tu enamorado.

Ellos se sonrieron. Esa mañana, Victoria se sentía feliz. De camino a la mansión de la familia de Victoria, Alexander la llamó para decirle que llegaría pronto. Ella se puso muy contenta.

Después cuando ella divisó a Alexander a través de la terraza, ella sonrió muy contenta y fue a encontrarlo. Después que él se estacionó al frente de la mansión, él se bajó rápidamente y corrió a encontrar a Victoria. Con una gran sonrisa, Alexander tomó en sus brazos y besó a Victoria. Él se veía muy elegante en un terno oscuro, camisa celeste, y corbata al tono. Alexander sabía que la familia de Victoria era muy tradicionalista y muy elegante, por eso, él trató de vestir muy elegante porque quería impresionar a los padres de Victoria.

Luego, ellos caminaron de la mano a la terraza de la piscina, pues su familia estaba ahí. Victoria le presentó su familia a Alexander. Él saludó de abrazo y beso en la mejilla a los padres y hermanos de Victoria. La familia de Victoria acogió muy bien a Alexander. Después que conversaron un poco de pie, ellos se sentaron a desayunar a una mesa al lado de la piscina. Algunos de los hermanos mayores de Victoria estaban ahí con sus hijos. Todos se sentaron alrededor de la mesa para desayunar.

Esa mañana, ellos desayunaron bistec con huevos y ensalada de lechuga, queso fresco, y jugo de naranja.

Alexander se sentía feliz, pues estaba en la casa de la mujer que amaba. Él se dio cuenta que la familia de Victoria lo aceptó. Alexander y Victoria no disimulaban que estaban enamorados mientras comían y conversaban.

—¡El desayuno esta muy delicioso! —dijo Alexander.

—Sí, muy bueno —dijo Victoria.

—¡Qué bien que les guste! —dijo la madre de Victoria.

Cuando Alexander escuchó que los sobrinos de Victoria hablaban en inglés, él dijo:

—A mi también me encantaba de hablar en inglés cuando era niño.

—Mis hijos y mis nietos todos hablan inglés y francés —dijo la madre de Victoria.

—Sí, a veces Victoria me habla en inglés —dijo Alexander.

Victoria sonrió.

—A Victoria de niña le ha gustado mucho hablar en inglés —dijo uno de los hermanos de Victoria.

—Victoria es muy inteligente —dijo Alexander.

—Cariño, no me hagas colocarme colorada —dijo Victoria sonriendo.

Entonces, Alexander les dijo que era hijo único y que viajaba mucho con sus padres.

Alexander estaba disfrutando el desayuno con la familia de Victoria mientras conversaban. Los padres de Victoria se dieron cuenta que Alexander hablaba de las cualidades exitosas de Victoria y que la respetaba y la amaba.

Entonces, Victoria y Alexander les contaron como se habían conocido.

—Cuando conocí a Victoria supe que la quería —dijo Alexander.

—¡Qué romántico! —dijo uno de los hermanos de Victoria con su cara sonriente.

Los demás también sonrieron.

—Yo también sentí lo mismo —dijo Victoria—. Me encantaba cuando Alexander me seducía cuando no estaba seguro que su amor era reciprocado.

Alexander les contó que le había costado para seducir a Victoria, pero que estaba feliz de haberlo logrado.

—El amor a primera vista es algo maravilloso, pero se tiene que cultivar para que crezca, pues de lo contrario se termina —dijo la madre de Victoria.

—Sí, pues es algo que nos toma por sorpresa, pero que nos llena de felicidad —dijo Alexander.

La conversación durante el desayuno estuvo muy agradable.

Cuando terminaron de desayunar, ellos conversaron por un rato. Alexander les contó que le gustaba mucho su trabajo, el deporte, y leer. Ellos dispusieron de jugar tenis el día siguiente.

Los padres de Victoria se dieron cuenta que Alexander y Victoria tenían muchas cosas en común. Sobre todo se complementaban y Alexander la hacía sentirse feliz a Victoria.

Luego, Victoria invitó a Alexander a caminar por el jardín. Algunos de los hermanos de Victoria fueron a un club de polo. Los padres de Victoria se entretuvieron con sus nietos al lado de la piscina.

—Cariño, antes que vamos al jardín, quiero mostrarte algo —Victoria le dijo a Alexander.

—Sí, mi amor.

Victoria tomó de la mano a Alexander y lo guió a la biblioteca en el segundo piso. Alexander se preguntaba que sería lo que Victoria quería mostrarle. En la biblioteca, ella se acercó a un estante y sacó una hoja que había metido entre las páginas de un libro. Era un verso que ella había escrito antes de quedarse dormida la noche anterior y antes de levantarse en la madrugada. Ella se lo dio a Alexander.

—Gracias, mi amor —le dijo Alexander con un beso.
Entonces, él comenzó a leerlo, "Mi amor, con la pasión de una mujer enamorada esperaba por ti. Pues, tan sólo el pensamiento de ti, me hace muy feliz...Te quiero amarte. Te quiero besarte. Tus labios con los míos."

—Mi amor, estoy locamente enamorado de ti —él le susurró mientras la abrazaba y besaba.

Ella dejo que él la besara.

—¡Cásate conmigo! —le susurró Alexander.

—Oh, mi amor te quiero. Pero, eso es todavía muy apresurado.

—Te amo, Victoria.

Entonces, ellos bajaron y fueron a pasear de la mano por el jardín. El día estaba caluroso. Ellos anduvieron por el lado de rosales. El día estaba despejado y había una brisa tibia. Ellos se detuvieron al lado de una fuente con agua que chispeaba agua alrededor. Él la estrechó entre sus brazos y la besó mientras los pájaros cantaban en los árboles florecidos. El aire estaba lleno de suaves aromas a cerezos, duraznos, y manzanos florecidos.

Rato después, Alexander y Victoria se sentaron en el césped. Alexander le acarició su pelo mientras conversaban y se besaban.

—¡Me encanta tu pelo! —él le dijo con su voz amorosa.

Ella lo miró y sonrió.

—A mi también me encanta tu pelo.

Él la miró a sus ojos y la besó.

Entonces a la hora del almuerzo, ellos regresaron de la mano muy felices a la casa. Ella sonreía cuando a veces él le apretaba su mano en la suya. Mientras caminaban, ellos sintieron olor a empanadas que venía de la casa.

En el comedor del primer piso, una empleada les sirvió el

almuerzo. A medida que avanzaba el almuerzo, Victoria notó más la presencia de Alexander a su lado.

En la tarde, Victoria y Alexander se sentaron a conversar alrededor de la piscina.

—¿Te gusta mi familia? —le preguntó Victoria.

—Sí, mucho.

—Me encanta escuchar eso, mi amor.

Alexander la estrechó hacia él y la besó.

—¿Te casarías conmigo, mi amor? —Alexander le preguntó otra vez.

La pregunta le sorprendió a Victoria mientras sonreía. Ella pensó que él la amaba, pero todavía no sabía si se casaría con él. Entonces, ella le contó que cuando era pequeña le encantaba de ir a correr en bicicleta con sus hermanos.

—Me encanta de saber de ti —la besó Alexander.

Ellos disfrutaron conversando y amándose hasta que comenzó a oscurecerse. Ellos se pusieron de pie y se dirigieron al comedor para cenar con el resto de la familia.

Esa noche, ellos cenaron muy contentos en el comedor del primer piso. En el comedor, ellos se sentaron en torno a una mesa grande rectangular que estaba cubierta con un mantel blanco de encajes. Dos candelabros a cada lado de la mesa hacían juego con los servicios.

Mientras esperaban que una empleada les sirviera la cena, los padres de Victoria le dijeron a Alexander que a ellos les encantaba de irse a su fundo en el sur en el verano para disfrutar de la trilla de trigo.

—A nosotros nos encanta de dar paseos a caballo en el tiempo de cosecha —dijo Victoria sonriendo.

—¡Qué interesante! —dijo Alexander.

—¿Piensas dar paseos a caballo con nosotros en el verano?

—le preguntó Victoria.

—Sí, por su puesto.

Después de algunos minutos, la empleada comenzó a servir la cena.

—La cena esta muy buena —dijo Alexander.

—Me encanta escuchar eso, mi amor —Victoria sonrió.

Mientras comían y conversaban, Alexander pensó que era muy feliz con Victoria.

Luego de cenar, Victoria le propuso a Alexander de ir al living en el segundo piso.

—Sí, mi amor —Alexander le dijo.

Ellos subieron al segundo piso. En el living, Victoria prendió el estéreo. Ellos muy contentos eligieron música romántica que les gustaba a los dos. Entonces, se sentaron en un sillón a escuchar música. Mientras escuchaban música, ellos conversaban y se besaban. A veces, él le acariciaba su pelo.

—Me encantó la idea de ir a cabalgar en el verano —dijo Alexander besando a Victoria.

—Pensé que a lo mejor no te iba a gustar.

—Me encantaría de ensillar los caballos en el establo y luego salir a cabalgar con mi amor —dijo Alexander.

—¡Qué tierno eres!

Él sonrió y la besó con ternura.

Ella notó que Alexander estaba muy contento y un poco excitado. Esa tarde estaba fresca mientras conversaban.

Después de un rato, ellos se pararon y fueron a mirar por el balcón. De pie abrazados, ellos recorrieron con su mirada el jardín y huerto con árboles frutales. Los árboles florecidos se mecían lentamente alrededor de la mansión.

—¿Me quieres mi amor? —le preguntó Alexander.

—Sí, mi amor.

—Oh, cariño, te quiero tanto —Alexander le susurró mientras la besaba.

Cuando comenzó a tocar una canción romántica, Alexander tomó a Victoria por la cintura y comenzó a moverse al ritmo de la música. Victoria se sentía feliz entre sus brazos.

—Te quiero, mi amor —Alexander le susurró en el oído.

—Te amo.

Aquella noche, Alexander se alojó en un dormitorio de invitados, pues la casa era grandísima. Esa noche en su cama, Alexander se imaginaba a Victoria a su lado y que ella lo deseaba mientras él más la amaba con pasión.

CAPÍTULO XVII

ALEXANDER DISFRUTA EN LA MANSIÓN DE VICTORIA

El segundo día en la casa de los padres de Victoria, Alexander despertó feliz. Su primer pensamiento fue en Victoria. Enseguida, él se levantó y fue a mirar por el balcón en dirección al dormitorio de Victoria para verla, pero no la vio. Él pensó que Victoria tiene que haber estado durmiendo todavía, por eso, él volvió a su cama pensando en ella. Cuando el sol comenzó a entrar por el balcón, Alexander se levantó, se bañó, y se vistió contentísimo. Luego, él bajó para encontrarse con Victoria. Después que Victoria se bañó y se vistió con un vestido rosado y chalas blancas, ella fue al balcón y miró alrededor. Victoria se sintió feliz cuando vio a Alexander que estaba conversando con algunos de sus hermanos al lado de la piscina. Esa mañana, Alexander vestía pantalones cortos, una polera rosada, y zapatillas. Él giró cuando Victoria le dijo:

—¡Buenos días, mi amor! ¿Cómo amaneciste?
Sus ojos se encontraron y sostuvieron la mirada por un instante. Luego, ella bajó para encontrarse con él.
Alexander abrazó y besó a Victoria cuando ella se paró a su lado.
—¿Dormiste bien, mi amor? —le preguntó Alexander.
—Sí, mi amor.
Esa mañana, Victoria se sentía feliz porque era la primera vez en su vida que un hombre a quien ella amaba se había alojado en la mansión de sus padres.
—¡Es un día maravilloso! —dijo Victoria.
—¡Sí, hermoso! —dijo Alexander.
Alexander inclinó su cara para besarla. Entonces, ellos contemplaron los árboles y flores alrededor de la piscina mientras conversaban. El aire estaba lleno a aromas de rosas y a duraznos en flor.
—¿Qué haremos en la tarde después del almuerzo? —Victoria le preguntó a Alexander.
—Lo que quieras, cariño.
—¿Te gustaría de jugar tenis?
—Sí, mi amor
Ellos quedaron de acuerdo de jugar tenis en la tarde. Alexander le acarició el pelo rubio a Victoria mientras conversaban. Alexander estaba lleno de amor por Victoria y ella también por él. Él se preguntaba cuanto tiempo más tendría que esperar para hacer el amor con Victoria. Ella a veces se preguntaba como irían hacer sus hijos si se casara con Alexander.
Un rato después, ellos fueron a desayunar con el resto de la familia en la terraza de la piscina, pues era su lugar favorito en la primavera y verano. Esa mañana, ellos desayunaron muy

felices.

Casi les llegó la hora del almuerzo conversando. Mientras almorzaban en la terraza de la piscina, uno de los hermanos de Victoria, le dijo a Victoria y Alexander:

—¡Hacen muy bonita pareja!

Victoria y Alexander sonrieron muy contentos.

—¿Me quieres, mi amor? —Alexander le preguntó bromeando a Victoria, pues sabía que lo quería.

—Sí. Te quiero —contestó Victoria con una sonrisa amorosa.

Él besó a Victoria y uno de los hermanos dijo:

—Brindemos por la felicidad de los enamorados.

Todos levantaron las copas de vino tinto y las entrechocaron sonriendo.

Ese día en la tarde, ellos jugaron tenis.

Antes de oscurecerse esa tarde, Alexander dispuso de regresar a su casa y de verse al día siguiente con Victoria. Él regresó a su casa pensando que su primer encuentro con la familia de la mujer que él amaba había sido un éxito. Victoria estaba muy contenta también.

CAPÍTULO XVIII

Te Amo Y Te Adoro

La mañana siguiente en el trabajo, Alexander sorprendió a Victoria con un bouquet de rosas rojas. Apenas Victoria llegó a su oficina, Alexander le dijo entregándole el bouquet con un beso.

—¡Hola, mi amor!

—Gracias, cariño —ella le dijo sonriendo.

—Mi amor, anoche casi no pude dormir pensando en ti —le dijo Alexander con una sonrisa amorosa.

—Yo también, mi amor.

Ellos se desesperaban por verse. Una de las muchas veces que Alexander invitó a Victoria a salir con él, un día en el trabajo, él la invitó que fueran a cenar. Ella aceptó. Él suspiró de felicidad. Ese día, ellos quedaron de acuerdo en juntarse en el departamento de Victoria a las siete y media de la tarde. Así que en cuanto Victoria leyó las noticias esa tarde, ella se fue a su departamento para cambiarse ropa y luego salir a cenar con Alexander. Esa tarde en su departamento, Victoria estaba pensando en Alexander cuando él llegó.

—¡Te ves hermosa, mi amor! —Alexander le dijo con un beso.

Ella sonrió y él la volvió a besar. Él entró al departamento y esperó por ella sentado en un sofá. Enseguida, salieron rumbo a algún lugar para cenar. Durante el camino, ellos conversaban muy animados.

—¿A dónde te gustaría de cenar? —le preguntó Alexander.

—A donde tú quieras.

—¿Qué te parece si cenamos en mi casa?

—Muy bien, cariño.

Así fue como ellos decidieron de ir a cenar a la casa de Alexander.

—Los empleados tuvieron el día libre, por eso, nosotros tendremos que preparar la comida —dijo Alexander.

—Está bien —ella le dijo sonriendo.

Esa tarde estaba calurosa, por eso, ellos abrieron algunas ventanas del vehículo. El aire fresco que entraba por las ventanas era muy agradable.

Él era uno de los periodistas más elegantes y ricos, pero la única mujer que le interesaba era Victoria. En el camino, Alexander le dijo a Victoria que era muy bonita.

Cuando llegaron a su casa, Alexander detuvo su vehículo al frente de los pilares altos de la mansión al lado de un jardín. Muy contento, él se bajó y le abrió la puerta a Victoria para que bajara. Por lo general, los trabajadores salían a encontrarlo cuando Alexander llegaba, pero ese día, la servidumbre había tenido el día libre. Ellos caminaron conversando hacia la entrada de la mansión.

—¡La mansión es hermosa! —dijo Victoria.

—Pero no tan hermosa como tú, mi amor.

Ella sonrió. Él también sonrió y la besó.

Luego, ellos entraron a la mansión y caminaron por un pasillo de mármol beige hacia el living en el primer piso. Un chandelier iluminaba. En el living, ellos se sentaron en un sofá de cuero blanco y se pusieron a conversar. Después de un rato, él le ofreció un jugo. Mientras él fue a buscarle un jugo de naranja a la cocina, ella se paró a mirar algunas fotografías de él que estaban sobre la mesa del living. Cuando él regresó con el jugo y lo puso al frente de ella, él le dijo:

—Esa fotografía me la saqué cuando me gradué de la Universidad de Harvard.

—Te ves muy bien —le dijo Victoria.

—Gracias —dijo él.

Entonces, ellos volvieron a sentarse en el sofá. Mientras Victoria bebía su jugo, ella le contó que había estudiado periodismo en la Universidad de Cambridge.

—La Universidad de Cambridge es buenísima —dijo Alexander.

Minutos después, Alexander puso música y le preguntó a Victoria si sabía bailar tango.

—Sí —ella sonrió.

Él la tomó de la mano y la invitó a bailar tango. Ambos bailaban el tango muy bien. Mientras bailaban, él la miraba a los ojos con ternura.

—Eres muy bonita —Alexander le susurró.

Ella sonrió y dijo, —Tú también eres muy buen mozo.

Él la abrazó y cayeron en el sofá besándose.

—¡Oh, Victoria, te amo! —le susurró Alexander en el oído.

—¡Yo también te amo, mi amor!

Ella sintió el latido de su corazón mientras él la apretaba

ardiente con deseos. Ella sintió sus labios suaves en sus mejillas, labios, y cuello. Después de un rato, él le desabotonó su blusa blanca y sintió sus senos tibios con sus manos suaves mientras la acariciaba. Alexander y Victoria sintieron pasión mutua y todos los efectos de la neuroquímica del amor romántico. Los dos tenían sus cuerpos mojados de placer mientras gemían con deseos. Victoria se puso tensa cuando Alexander comenzó a rozarle su entrepiernas con sus labios. Pero un rato después, ella no pudo resistirlo.

Ellos hicieron el amor por primera vez mientras se escuchaba el sonido de las hojas que se mecían afuera. Ambos se enamoraron más profundamente. Fue la primera vez que estaban desnudos el uno al frente del otro. Victoria y Alexander eran vírgenes, por eso, sintieron dolor y placer cuando hicieron el amor. Lo que más le excitó a Victoria fueron los besos de él. Alexander la besaba una y otra vez porque le parecía un sueño que Victoria había sido su mujer.

—¡Qué encantadora te ves, mi amor! —le dijo Alexander.

—¿Dé verdad me amas? —le preguntó ella.

—Estoy enamorado de ti como un loco —él sonrió y la besó una y otra vez.

Abrazados hicieron el amor nuevamente sobre el sofá mientras la brisa tibia de primavera entraba por la terraza. Ese día los trabajadores no estaban ahí por eso podían hacer lo que quisieran.

Rato después se envolvieron en toallas y caminaron a la piscina. Ahí, ellos se tendieron en sillas reclinables y conversaron amorosamente mientras se besaban. Luego nadaron y se amaron mientras jugueteaban. Cuando Alexander sintió celos que otros periodistas podían seducirla, le dijo a Victoria.

—¿Quieres casarte conmigo?

Ella sonrió y dijo:

—Eso es muy apresurado. No estoy segura si estoy lista para ese compromiso. Me encanta mi vida de soltera y no había pensado en el matrimonio todavía.

—Te quiero y no tengo dudas que quiero que seas mi esposa. Esperaré tu respuesta —le dijo él besándola tiernamente.

Ella sonrió.

—¿A dónde te gustaría ir de luna de miel, mi amor? —Alexander le preguntó.

—No lo he pensado todavía, cariño.

—¿Te gustaría de ir a Hawai, mi amor?

—Siempre he deseado de ir a Hawai.

Él la abrazó y besó tiernamente y le dijo:

—Entonces, iremos a Hawai.

—Sí, mi amor —ella sonrió.

Esa tarde no se cansaron de amar, pero los dos tenían que trabajar al día siguiente.

Ellos iban a ir a cenar a un restaurante, pero decidieron de disfrutar una cena íntima en la casa de Alexander.

—¿Cariño, te gustaría que cenáramos langosta con puré de papas, ensalada de lechuga, y vino blanco? —dijo Alexander.

—Sí, mi amor.

—Te amo, mi amor —él la besó con ansias.

—¿Te gustaría que comiéramos fresas con crema de chocolate de postre? —le preguntó Alexander.

—Sí, me encantan las fresas con chocolate, cariño.

Entonces, ellos se vistieron y comenzaron a preparar la cena. Mientras preparaban la comida, ellos coloraron la mesa. Alexander colocó dos velas al medio de la mesa, pues quería que fuera una cena romántica.

Ellos cenaron a la luz de dos velas en la terraza de la piscina. Era primavera, por eso, ellos quisieron disfrutar de la cena al aire libre. Antes de comenzar a cenar, ellos entrechocaron sus copas para brindar por su felicidad. Entonces, ellos comenzaron a comer.

—La cena está deliciosa —dijo Victoria.

—Todo es delicioso cuando estoy a tu lado —dijo Alexander con una sonrisa seductora.

Ella sonrió. Los dos se sentían felices y disfrutaron la cena conversando. Durante la cena, él la invitó a jugar tenis en su casa el fin de semana y ella aceptó su invitación. Victoria estaba impresionada por la mansión tan bonita.

Después que terminaron de cenar, ellos subieron jugueteando al living y ahí se pararon y miraron por el balcón abrazados. Ahí, él otra vez le preguntó si aceptaba de ser su esposa.

—Sí, acepto ser tu esposa —dijo Victoria.

Él la tomó en sus brazos y la besó una y otra vez.

—¿Cuándo te gustaría que nos casáramos, mi amor? —le preguntó Alexander.

—Las vísperas de Navidad.

—Sí, mi amor —Alexander besó a Victoria.

Él la apretó entre sus brazos.

—¿A dónde iremos para nuestra luna de miel, mi amor —él le preguntó.

— A Hawai.

—¿De verdad quieres que vamos ahí para nuestra luna de miel?

—Sí, mi amor.

—Haré lo que quieras, mi amor. Pues, estoy enamorado como un loco de ti —Alexander le dijo mirándola feliz.

Ella sonrió. Él la tomó entre sus brazos

—Serás sólo mía —él le susurró besándola.

—Y tú también sólo mío.

—Sí, mi amor. Me parece un sueño que aceptes ser mi esposa, por eso, dime que me amas —Alexander le dijo.

—Te amo, te amo, te amo, Alexander —ella le dijo sonriendo mientras él la escuchaba feliz y luego él la abrazó y besó apretándola contra él.

—El fin de semana antes de jugar tenis le diremos a nuestras familias acerca de nuestra boda —dijo Alexander.

—Sí, mi amor.

—Y ellos nos ayudaran a preparar la boda.

—Sí, cariño.

—¡Oh, mi amor! Te quiero tanto que no encuentro palabras para describirlo.

—Yo también te quiero muchísimo, mi amor.

De repente mientras Alexander besaba a Victoria, ella se dio cuenta que él la deseaba. Él la besó por todas partes mientras la acariciaba.

Algunas horas más tarde, él la fue a dejar a su departamento. Entonces después que se despidieron con un abrazo y beso, Alexander se alejó de Victoria silbando una canción de amor mientras ella caminaba a su departamento. En su departamento, ella miró por la ventana sonriendo mientras pensaba en los preparativos para la boda. Ella se decía que se iba a comprar un vestido de novia largo y con velo. Entonces, ella contentísima imaginaba a Alexander con un esmoquin muy extravagante para el día de la boda. Ella se decía que ese día tenía que ser inolvidable, pues Alexander era el único hombre a quien amaba, por eso, ella se había entregado a él. Ella se decía que nunca quería cambiarlo por otro.

Luego, Victoria fue a su dormitorio y se metió a su cama sonriendo mientras pensaba en Alexander. Victoria se sentía feliz mientras anticipaba verlo en el trabajo al día siguiente y jugar tenis con él ese fin de semana. La luna brillaba a través de la ventana y hacía sombras en las paredes de su dormitorio. Ella se preguntaba, "¿Qué estará haciendo, mi amor? ¿Estará pensando en mí?" Ella se imaginaba que Alexander estaba a su lado. Entonces, Ella sonreía mientras pensaba en que ropa iría a ponerse al otro día para atraer más a Alexander. Victoria se quedó dormida pensando en Alexander y preguntándose cómo su familia iría a recibir la noticia que ella se iba a casar con Alexander. Alexander en su dormitorio sonreía de felicidad mientras él se preguntaba si Victoria querría un anillo de compromiso con diamantes. En su mente, él visualizaba a Victoria usando su anillo con su nombre.

PARTE III

MAL DE AMOR

CAPÍTULO XIX

¿A Dónde Estás Mi Amor?

Inesperadamente, minutos antes de las tres de la madrugada, Victoria se despertó al oír múltiples disparos como fusiles y gritos provenientes de la calle. Ella no prendió la luz mientras pensaba que algo extraño estaba pasando. Enseguida, ella se sentó nerviosa en la cama y luego asustada se levantó intrigada para ver exactamente de donde venían los sonidos que la habían despertado. En segundos, ella se acercó a la ventana y miró del balcón. Afuera estaba oscuro y la neblina cubría todo, por eso, no vio nada extraño. Como una hora después, se despejó un poco. De repente, ella vio a un civil con un rifle y un camión lleno de prisioneros estacionado al frente del edificio. Victoria sintió miedo, por eso, rápidamente, ella corrió a la puerta y trató de escapar. Pero se dio cuenta que alguien forzaba la puerta para entrar. Como Victoria se vio en peligro, ella corrió asustada y temblando de nervios a esconderse detrás de un estante con libros. Pero, un hombre abrió la puerta de una patada y prendió la luz mientras los ojos de Victoria miraban muy asustados. El hombre la miró a los ojos y empuñó un rifle y se lo apuntó a Victoria que estaba de pie y mirándolo asustadísima a punto de llorar.

—¿A dónde crees que vas, hermosa? —dijo el hombre.

—¿Quién es usted? —le preguntó Victoria enojada a punto de llorar y gritarle que saliera de su departamento.

—Soy un agente del gobierno. Pero eso no importa.

—¿Por qué **está** aquí violando mi propiedad privada? —dijo Victoria enfurecida.

—No hay propiedad privada.

—Salga de inmediato.

—No te irrites.

—¿Por qué está atacándome en mi casa? —Victoria dijo llorando y intrigada porque el hombre había abierto la puerta a la fuerza.

—No hables. Si hablas, te pego un tiro —le gritó el hombre.

Así, el hombre no la escuchó.

—Por favor le ruego que no me espose —dijo Victoria entre lágrimas y sollozos mientras el hombre la esposaba.

—Es mejor que no hables —le dijo el hombre.

—Por favor, salga de mi departamento.

Pero el hombre con un acompañante no la escucharon, pues ellos sabían que Victoria era sospechosa de haber divulgado información confidencial a la CIA del presidente Allende. Lideres socialistas tenían que interrogar a Victoria para tener pruebas convincentes.

Sin escucharla, le vendaron los ojos a Victoria. Antes que la llevaran a un camión, ella les dijo:

—Por favor déjenme colocarme mis zapatos.

Pero, un hombre la llevó pies descalza a un camión. Ella

quiso huir de los agresores, pero razonó que si lo hacía le tirarían un balazo. Enseguida, el camión avanzó mientras Victoria no sabía a donde la llevaban. Apretada entre otros prisioneros, ella lloraba mientras pensaba que Alexander tiene que haber estado durmiendo en su mansión a esa hora. Mientras el camión seguía su marcha, otros prisioneros que iban al lado de ella, gritaban pidiendo ayuda, pero parecía que nadie los escuchaba. Después que el camión se alejó a alta velocidad y la venda se le corrió, Victoria se percató que algunos prisioneros se miraban con caras asustadas. Victoria se preguntaba si algunos prisioneros tiritaban de susto o porque hacía un poco de frió. Durante el trayecto, Victoria se preguntaba si algún vecino habría visto cuando la arrestaron para decírselo a su familia. Ella se preguntaba, ¿Cómo se sentiría mi familia, Alexander, o amigos si supieran que fui tomada prisionera?

Un rato después, el camión disminuyó la velocidad y luego se detuvo con un chirrido de frenos. Todos se bajaron. Alguien llevó a Victoria a una celda con olor a húmedo y encierro. Victoria aprovechó la oportunidad para preguntarle a la persona a dónde la llevaban.

—¡Carajo, cállate! —respondió el hombre enojado.

Victoria se mordió los labios furiosa. Luego, cuando un guardia le desató la venda, ella se dio cuenta que estaba en una celda. Pero no tenía idea que era una cárcel secreta. Ella se sentó en una silla mientras las lágrimas le rodaban por su cara. Luego, algunos prisioneros gritaban con desesperación.

—Estas ratas, me tienen prisionero porque me opuse a que me arrebataran mi propiedad —gritaba un prisionero.

—El amanecer en el sur es maravilloso —otro preso cantaba.

Victoria se decía, "Tengo fe que saldré de aquí. Tengo que salir de aquí. Voy a salir de aquí y me casaré con el hombre que amo." Ella se repetía esas autosugestiones como mantras para grabárselas no tan sólo en su consciente sino que también en su subconsciente. Ella sabía que las autosugestiones alcanzaban el subconsciente. Ella se decía que tenía que cultivar su subconsciente voluntariamente con pensamientos optimistas que de alguna manera tendría que salir de esa prisión. A veces, ella se visualizaba saliendo de ahí y encontrándose con Alexander.

Algunos presos eran ladrones y criminales, pero muchos de ellos eran presos políticos por tan sólo haber desobedecido a un líder socialista y otros por haber sido sospechosos de estar en contra del gobierno socialista. Ella lloraba mientras se hacía preguntas existenciales y se decía, "Es absurdo que me hayan arrestado sin motivo. La existencia es miserable y desgraciada cuando no sé qué hora es, o cómo está el tiempo."

La celda tenía una cama y una silla sobre el piso cochino. En el techo, el tubo fluorescente no estaba funcionando, por eso, estaba oscuro. Tan sólo la luz del pasillo filtraba por la pequeña ventanilla. Enseguida, Victoria se arrodilló al lado de la cama y rogó que Alexander o su familia la encontraran.

Horas más tarde, ella pensó que ni Alexander ni su familia sabían lo que le había pasado hasta la hora de trabajo, pues ella llamaba casi todas las mañanas a su familia y también en las mañanas ella se encontraba con Alexander en su trabajo. Ahí la encerraron y no tenía comunicación con nadie

Ella veía sombras de prisioneros que pasaban cerca de la ventana de la celda. Mientras Victoria rogaba para que su familia, novio, o amigos la encontraran, ella miraba las paredes que tenían grafitos.

Victoria no había comido, por eso, ella sintió que el estómago le gruñía de hambre.

Esa madrugada, Victoria no se atrevió a quedarse dormida por miedo a que alguien le pudiera haber echo daño. Por eso, fue una de las madrugadas más largas que le parecieron años a Victoria.

CAPÍTULO XX

INTERROGATORIO

Esa mañana cuando Victoria se recostó en la cama echando mucho de menos a Alexander, ella se decía que haría lo que fuera para estar con el hombre que amaba. A veces, se escuchaban los ladridos de perros callejeros que muchas veces protegían a las personas. Luego, cuando ella se estaba quedándose dormida, ella escuchó un ruido en la puerta que la despertó. Enseguida, un guardia le tiró un café y un pedazo de pan por la reja de metal. Ella no comió. Rato después, la puerta de la celda se abrió y entró un hombre macizo con gafas oscuras y bigotes oscuros. Ella se paró de un salto y miró al hombre con su rostro asustado, pero furiosa. El hombre se sacó las gafas y las tiró sobre la cama. Luego, él se sentó en la silla.

—¿Cómo dormiste preciosa? —el hombre le preguntó.

Ella no le contestó.

—¿Qué quiere? —Victoria le preguntó con su voz nerviosa.

A la escasa luz que entraba por la ventanilla chica de la

celda, el hombre, quien era un líder socialista, la comenzó a interrogar a Victoria mientras ella no hallaba las horas que la dejara sola. El hombre con bigotes oscuros arqueó sus cejas gruesas y negras y dijo:

—¿Qué información le distes a la CIA?

—Ninguna.

—Te dejo en libertad si confiesas —dijo el hombre.

—Nunca le di ninguna información a la CIA.

El hombre miró a Victoria con los ojos fijos mientras ella temblaba de susto pensando que le podía hacer daño. Él se paró y luego se sentó en la silla nuevamente. Él le dijo a Victoria que se sentara en la cama, pues ella estaba parada en un rincón de la celda. Victoria no le obedeció. Él le dijo una y otra vez que se sentara en la cama, pero ella no le hizo caso. De repente, él la tomó y la tiró sobre la cama. Ella temblaba de susto, pues pensó que el hombre le iba a pegar. Él la miró enfurecido.

—No me haga daño —dijo ella casi llorando y pestañando rápidamente.

—Si declaras, yo tengo el poder de ordenar que te suelten en libertad —dijo el hombre.

—¡Por favor! No se como puedo confesar algo de lo que no tengo idea. Haré lo que me diga que haga para que me suelte en libertad, pero no me pregunte que declare acerca de algo que no se —le dijo Victoria entre sollozos.

—Mentirosa —dijo el hombre con voz ronca y enojada.

Ella lo miró con sus ojos llenos de lágrimas y le dijo:

—Por favor déjeme en libertad.

—Si confiesas, preciosa.

—Confieso que nunca le di ninguna información a la CIA.

—Mentirosa.

Ella clavó su mirada en él y le dijo:

—¿Cómo puedo confesar de algo que no sé?

—Preciosa, te pongo en libertad si confiesas —el hombre le dijo otra vez.

—Por Dios. No sé de lo que habla.

—No te hagas la tonta, princesa.

Mientras el líder socialista la interrogaba, ella escuchaba silbidos de los guardias en el pasillo. Otras veces, prisioneros gritaban con desesperación. Victoria sabía que los lideres socialistas eran crueles y muchos de ellos se habían enriquecido de la noche a la mañana arrebatándole los bienes a las personas ricas democráticas.

Esa mañana, mientras Alexander conducía a su trabajo, él se detuvo en una boutique en Providencia y compró un bouquet de rosas rojas para Victoria. Él quería sorprender a Victoria con un ramo de rosas. Él sabía que a ella le gustaban las rosas. Enseguida, él siguió rumbo a su trabajo. En el camino, Alexander sonreía mientras él se imaginaba como Victoria iría a disfrutar el inesperado ramo de rosas.

Poco después, él llegó muy contento al edificio adonde trabajaba. Cuando él caminó por el frente de su oficina, él se dio cuenta que Victoria no había llegado todavía. Después de una hora, él estaba inquieto por qué Victoria no llegaba. Mientras Alexander se preguntaba que le podría haber pasado a Victoria, ella estaba horrorizada en su celda. Ella se decía que muchas personas que eran del partido democrático durante el gobierno socialista de Salvador Allende habían desaparecido y nadie sabía nada de ellos. Victoria sabía que muchos de los familiares de los desaparecidos habían buscado a sus seres queridos en vano. Ella también sabía que a los socialistas les convenía de tener en prisión a algunas personas a los cuales

les habían arrebatado sus bienes, pues muchos de los líderes socialistas eran pobres. Muchas de las personas que eran detenidas por sospecha de haber colaborado con el enemigo, eran excusas para quitarles sus bienes como dinero y propiedades. Victoria pensó que los líderes socialistas a lo mejor se habían apoderado de su departamento, pues eran como linces por apoderarse de las cosas que no eran de ellos.

Esa mañana, Alexander se sorprendió cuando no vio a Victoria en su trabajo como lo hacía casi todos los días. Muchas veces cuando ella llegaba a su trabajo se encontraba con Alexander y caminaban juntos hasta sus oficinas. Él pensó que Victoria a lo mejor pudo haberse quedado dormida. Esa mañana, Alexander salía a menudo de su oficina y miraba la puerta de la oficina de Victoria para ver si ella habría llegado, pero ella no había llegado a su oficina. Él se preguntaba una y otra vez por qué Victoria no había llegado a su trabajo todavía. La mayoría de los otros periodistas ya habían llegado, pero no Victoria. Algunos periodistas que pasaban por el pasillo asomaban su cabeza a la oficina de Alexander y lo saludaban.

—Buenos días —le dijo un compañero de trabajo.

Él le respondió, pero nadie sabía que él estaba desesperado porque Victoria no había llegado. Otro periodista tubo que leer las noticias esa mañana. Alexander seguía preocupado por qué victoria no llegaba. De repente, él pensó que a lo mejor Victoria se había arrepentido de casarse con él. Él se deprimió cuando pensó eso. Ese día, él no podía concentrarse en su trabajo pensando en Victoria.

Después de algunas horas, él se preguntaba por qué Victoria no habría ido a su trabajo. Él la llamó por teléfono a su departamento, pero ella no le respondió. Mientras él seguía intrigado preguntándose que podría haberle pasado a

Victoria, él recordó cuando él la estrechó entre sus brazos muy feliz cuando hicieron el amor por primera vez. Él se sentía el hombre más feliz porque Victoria ya era su mujer y su novia. Ese día la iba a sorprender con un ramo de rosas a la llegada a su oficina, pero ahí estaba el ramo de rosas sobre su escritorio mientras ella estaba encerrada en una celda preguntándose cuando iría a salir de ese martirio.

Ese día en la tarde, Alexander llamó a Victoria varias veces, pero ella no le contestó. Antes que Alexander terminara su trabajo, él aún no sabía que le había pasado a Victoria. Él decidió de ir a su departamento. Esa tarde calurosa, él se dirigió de prisa al departamento de Victoria mientras se preguntaba que podría haberle pasado.

Cuando Alexander llegó a su destino, él frenó y paró su vehículo al frente del edificio y corrió angustiado hacia adentro. Enseguida, Alexander tomó el elevador que subió como una flecha y luego abrió. Nervioso, él salió y corrió al departamento de Victoria. Cuando él tocó la puerta, nadie le contestó. Alexander se sorprendió porque Victoria no le contestó. Él se dijo, "Dios mío... ¿Dónde estás, mi amor?" Él fue a la conserjería para que le abrieran la puerta del departamento mientras Victoria pensaba en él en su celda y se imaginaba a Alexander en terno oscuro, camisa blanca, y corbata. Ella sabía que a Alexander le gustaba de vestir bien.

En minutos, el conserje le abrió la puerta. Alexander entró al departamento nervioso.

—Cariño, Victoria —él dijo intrigado.

Ella no le respondió. Él la buscó en los dormitorios, debajo de la cama, en los closets, en el balcón, living, comedor, y la cocina, pero ella no estaba en ninguna parte. Alexander tomó un cuaderno con direcciones que Victoria tenía sobre un armario y llamó a sus familiares. Pero nadie sabía a dónde estaba Victoria.

La familia de Victoria denunció la desaparición de Victoria. Entonces policías, detectives, su familia, Alexander, y amigos comenzaron a buscarla por todas partes. Ellos no la encontraron en ninguna parte mientras Victoria seguía in prisión.

Ellos la buscaban por todas partes, pero no la encontraban. Sobre todo Alexander que estaba loco de amor por Victoria se sentía desesperado por encontrarla. Alexander suspiraba mientras se preguntaba a dónde podría estar Victoria y a dónde podría buscarla. Estaba oscuro mientras ellos la buscaban. Pasaron las horas, pero ellos no la encontraron.

Así pasaron los días mientras ellos seguían buscando a Victoria. Un día, Alexander fue a una cárcel, pero ahí le dijeron que si estuviera en alguna, ellos le habrían dicho. Esa tarde llovía mientras Alexander conducía hacia su casa. Sus ojos se le llenaron de lagrimas mientras echaba de menos a Victoria y los limpiaparabrisas resonaban en el silencio. Él se sentía triste y sofocado por los recuerdos de Victoria. Cuando él pensó que alguien pudo haberla acecinado, él lloró. Él quería encontrar a Victoria y casarse con ella. Él se decía entre lagrimas, "¡Te encontraré, mi amor!"

Ni Alexander ni los demás encontraban ni un rastro de ella. En las noches, Alexander no podía dormir preguntándose a dónde podría estar Victoria mientras ella lo echaba mucho de menos. Alexander estaba muy triste sin Victoria. A veces, después que Alexander llegaba de buscar a Victoria sin encontrarla, él se tiraba a su cama y se quedaba dormido pensando en ella. Su habitación era grande y con un balcón a dónde a él le gustaba de pararse y contemplar el jardín sobre todo después que se enamoró de Victoria. Pero después que ella desapareció, su vida no tenía sentido. A veces, se quedaba dormido rogando de encontrar a Victoria o que ella regresara. Alexander no se cansaba de mirar fotografías de Victoria con él a donde salían besándose. Ella tan sólo tenía la imagen de él en su mente y eso le daba fuerza y esperanza para tener fe que algún día saldría de ahí y sería feliz con Alexander.

CAPÍTULO XXI

No Te Encuentro

Durante los primeros días en prisión, Victoria lloraba y no comía, pero después comenzó a comer para sobrevivir. A veces para evitar deprimirse recordaba momentos felices que había compartido con Alexander. Como ser, un día, ella se recostó en la cama recordando cuando ella y Alexander paseaban en el jardín de la casa de sus padres. En su imaginación, ella se veía con Alexander caminando al lado de rosales con rosas rojas, blancas, y rosadas y una fuente con agua. Ella sonreía cuando recordaba cuando él la abrazaba y besaba con fuerzas. Así a veces, ella se quedaba dormida y soñaba con Alexander. Muchas veces, los gritos de prisioneros interrumpían sus sueños.

Mientras Victoria trataba de sobrevivir en prisión, Alexander fue a uno y otro lugar preguntando por Victoria, pero no la encontraba. Victoria se sentía desesperada entre las cuatro paredes de su celda. A veces victoria hacía gimnasia para mantenerse bien físicamente. Casi todos los días en la mañana, un guardia le tiraba la comida por la reja de su celda. La comida casi siempre tenía olor a húmedo y estaba amarga. Al principio no se duchaba porque no estaba acostumbrada a ducharse con otras mujeres. Pero después de unos días, Victoria se comenzó a duchar. A veces algunas mujeres sadistas la pellizcaban y a ella le daba mucha rabia. En las noches, Victoria se arrebozaba tan sólo con una frazada, por eso, pasaba frío. El líder socialista aumentó la frecuencia de sus interrogaciones a Victoria. Ella se enfurecía cada vez que la interrogaba. Al líder socialista le gustaba de interrogarla en las mañanas, pero un día la interrogó en la tarde. Esa tarde, el hombre con gafas y bigotes oscuros entró a la celda sin tocar la puerta y se sentó en la silla como siempre para interrogarla.

—Hermosa, dime si ayudaste a la CIA con información acerca de nuestro presidente socialista —preguntó el hombre.

Victoria se enfureció y no respondió mientras miraba para abajo.

—Hermosa, responde.

Victoria, no respondió.

—¡Carajo! Responde —dijo el hombre.

—No.

—Responde caprichosa —él la tomó de su pelo y la mechoneó.

La rabia que ella sentía por ese líder socialista aumentaba mientras la interrogaba.

—¡No, no me haga daño! —ella le suplicó al líder socialista, pero él le dio una cachetada.

Él siguió mechoneándola y ella se calló y gateando le suplicaba que no le pegara.

—No podrás escapar de aquí, por eso, es mejor que confieses que información le distes a esos de la CIA —le preguntó el hombre.

—No se de lo que habla —ella le dijo llorando tirada en el suelo.

—Tarada, caprichosa, tú sabes de lo que hablo —gritó el líder socialista mientras la miraba con burla.

—No se.

—Tendrás que declarar.

Entonces, el líder socialista caminó a la puerta, la abrió, y salió. Victoria se acurrucó en un rincón de la celda pensando qué podría hacer para salir de la prisión. A Victoria se le caían las lágrimas, pero luego ella se las secó con la frazada áspera. Ella comprendió que el líder socialista era cruel. Victoria no dejaba de preguntarse si Alexander sospecharía que algún socialista podría haberla arrestado. Ella estaba horrorizada en esa celda. Minutos después, ella pensó que en ves de estar con el hombre que amaba, ahí estaba siendo torturada por un líder socialista. Entonces, ella pensó en tácticas para que el socialista la dejara libre. Cuando Victoria se imaginó rogándole al líder socialista para que la dejara libre, ella sonrió. Pero luego pensó en otra táctica que fue de seducir al líder socialista y luego decirle que la dejara salir. Ella se repetía que de alguna manera tendría que salir de la prisión. Entonces, ella pensaba, "Si mi familia, amigos, o conocidos supieran que estoy en prisión, ellos harían lo que fuese para liberarme, pero ellos no tienen idea." Victoria se secó sus lágrimas con el puño de su vestido y siguió pensando.

Entonces, ella se quedó dormida y soñó que Alexander y ella caminaban por el jardín de la mansión de sus padres. Mientras caminaban, él le decía, "Te quiero, mi amor." Luego, cuando ella se dio vuelta, el sueño cambió y ella vio que como un milagro Alexander la miraba por la ventanilla de la celda y de repente la abría y rápidamente la tomaba en sus brazos y luego corrían por el pasillo sin hacer ruido y sin que los guardias se dieran cuenta. Pero un grito desesperado y nervioso de un prisionero cerca de su celda, la despertó. Ella saltó de susto, pero luego se sintió mejor cuando imágenes del sueño venían a su mente. Ella se decía, "Mi amor, no importa que no pueda verte y escuchar tus palabras amorosas, pues se que algún día seré libre para que nos amemos." Entonces mientras ella pensaba en el sueño con Alexander, de repente, ella escuchó un sonido repentino en un rincón de la celda. Ella se preguntó que podría haber sido. En segundos, ella saltó de susto cuando se dio cuenta que un ratón gateaba por el techo polvoriento. El ratón corrió asustado y desapareció cuando se escondió en la cama. Ella estuvo un rato buscando al ratón, pues no quería que la mordiera. Por fin, ella encontró al ratón entre el colchón y lo tiró para afuera por la reja de metal de su celda. Ella se rió cuando escuchó que un guardia gritó, "¡Ratón sale de mi lado!" cuando se tropezó en el animal.

CAPÍTULO XXII

Tortura Y Encuéntrame

El hombre con gafas la siguió interrogando y torturándola a Victoria día tras día. Otro día, el líder socialista le llevó la comida en la mañana, pero ella no se la recibió. Cuando el líder comenzó a acariciarle el pelo a Victoria, ella le dio una cachetada que le dejó su cara roja como una jaiba. Enfurecido, el hombre le pegó en la cara a Victoria con su fusil y ella saltó de un grito, —¡No, por favor no me haga daño!

—Tarada, me pegaste una cachetada.

Ella temblaba sudorosa de miedo sin decir una palabra. Victoria habría querido tener poderes mágicos para poder haber salido de esa tortura. Después de un rato, el hombre salió de la celda. Victoria se sentía encerrada y desesperada. Como deseaba de ser libre y disfrutar del aire fresco. De ves en cuando miraba la puerta de su celda que estaba con llave. Ella sabía que era su único contacto con otras personas.

Alexander no hallaba a donde buscar a Victoria, pues

no la encontraba en ninguna parte. Aun así, él no perdía las esperanzas de encontrarla algún día.

Ese día en la tarde, mientras ella se relajaba tendida en su cama mirando el techo, ella pensaba en escribir una novela acerca de su experiencia de su arresto político. Pero también pensaba en entrevistar a otros presos políticos. Ella se preguntaba si los otros presos políticos habían sufrido tortura física y psicológica como ella estaba sufriendo. Ella se decía que su libro sería un éxito internacional pues se trataría de una periodista encarcelada injustamente bajo el régimen socialista de Salvador Allende en Chile. Ella sabía que su encarcelamiento no era el único pues muchos periodistas habían sido detenidos no tan sólo en Chile, sino que también en muchos otros países. Victoria reflexionaba y pensaba en escribir acerca de las violaciones de los derechos humanos en Chile lo cual podría prevenir tal abuso en su país y en el extranjero. De repente, ella pensó en la novela de Sartre, Nausea, y sintió ganas de vomitar viéndose prisionera entre esas cuatro paredes. Así, se le vinieron ideas del Absurdo de Camus y pensaba que era absurdo que la hayan tomado prisionera. Ella se preguntaba acerca del significado de la vida y de la existencia y se decía que muchas personas tomaban su libertad por garantía. Por eso, ella se decía que iba a disfrutar cada momento cuando saliera de esa prisión. Entre esas cuatro paredes, ella tan sólo podía disfrutar días bonitos a través de su imaginación. Lo que más la hacía sentirse bien era cuando recordaba momentos felices con Alexander, su familia, y amigos.

Entonces, ella se decía que muchos abusos eran mejor de olvidarlos, pero también era bueno de recordarlos para que no volvieran a suceder no tan sólo en su país, sino que también en cualquier lugar en el mundo.

Horas más tarde, Victoria recordó cuando Alexander le pidió que se casara con él y se fueran de luna de miel a Hawai, pero ella le había dicho que esperaran un poco tiempo más. Ella recordó cuando él le susurró, "Te amo, mi amor y te esperaré hasta que me digas que te casas conmigo." Entonces, Él la miró fijamente a sus ojos y la abrazó y besó apretándola contra él. De repente cuando Victoria despertó de su recuerdo, ella sintió un vacío y se sintió arrepentida de no haberle dicho la primera vez, "Si, mi amor, acepto ser tu esposa." En ese momento encarcelada, ella deseaba a Alexander. Por un rato, ella cerró sus ojos para ver a Alexander en su mente. En su imaginación, Victoria vio a Alexander caminando con ella de la mano en la Avenida Providencia. Ellos reían mientras conversaban y miraban los árboles florecidos en ambos lados de la avenida. El aire estaba lleno de suaves aromas a acacias y otros árboles en flor. Los ojos de Victoria se le llenaron de lágrimas mientras pensaba en Alexander y lo echaba mucho de menos.

CAPÍTULO XXIII

Más Tortura Y Encuéntrame

Al día siguiente en la mañana, de un golpe, el líder socialista abrió la puerta después que le sacó la llave. Nerviosa y desesperada, Victoria se acurrucó al lado de una de las paredes. El líder socialista le dijo que se sentara en la cama. Ella no quiso, pero él la empujó.

—Mírame y responde a mis preguntas, hermosa —le gritó el hombre.

Victoria tiritaba de susto.

—¿Qué le dijiste a los de la CIA? —continuó el hombre.

Ella no dijo nada, pero lloraba.

Luego, ella le quiso dar una patada cuando él comenzó a levantarle su vestido y enseguida a meterle una de sus manos entre sus piernas.

—¡Hermosa, no! —dijo el líder entre dientes enojado empujando su mano entre sus piernas mientras ella lo resistía.

Victoria ni siquiera lo miró mientras trataba de retirar la

mano áspera del hombre.

—¿No quieres hablar? Si no hablas te tiraré un tiro —dijo el líder socialista tomando su fusil y acercándolo a la cara de Victoria.

Ella se sentía desesperada. Mientras ella lloraba, él otra vez comenzó a levantarle su vestido y acariciarle sus piernas, pero ella le dio una patada y el hombre le dio una cachetada.

—No me tortures —gritó Victoria.

El hombre comenzó a pellizcarle sus piernas por el lado de sus genitales. Después de un rato, él le acarició el pelo con una mano mientras le pellizcaba sus piernas.

Así mientras el hombre con gafas la pellizcaba, él le mordía una oreja.

—Sicópata sadista perverso sexual deja de molestarme —ella gritaba desesperada, pero nadie iba a su rescate.

—Una rosa para ti, preciosa —le dijo el sadista con tono burlón mientras le frotaba las espinas de la rosa por el cuerpo de Victoria.

Ella gritaba de dolor mientras él hombre se notaba de disfrutar causarle dolor.

Ese día después que el líder socialista interrogó y molestó sexualmente a Victoria, él salió de la celda.

Desde ese día la tortura fue peor. Un día el líder la raptó. Él transpiraba y estaba rojo como una jaiba cuando se le tiró encima a Victoria mientras ella lo resistía con toda su fuerza. Él la raptó una y otra vez que Victoria no pudo pararse por días. Aún así, el líder sicópata sexual la interrogaba y la seguía molestando mientras ella le suplicaba que no le hiciera daño, pero eso lo hacía sentirse más macho y su cara se le colocaba roja de placer.

Otro día, ese hombre le rajó el vestido a Victoria cuando

ella no dejo que la tocara. Así mientras la interrogaba pegándole, el líder socialista le pellizcaba las piernas a Victoria mientras la raptaba. Ella se sentía desesperada, pero tenía la esperanza de que algún día saldría y escribiría una novela basada en su propia experiencia de la tortura injusta durante la época del gobierno socialista de Allende. Ella no sabía por cuantos años iba hacer torturada, pero sabía que algún día sería libre y le podría decir al mundo lo que había sufrido durante el socialismo en su país. Ella sabía que muchas otras personas tienen que haber estado siendo torturados como ella. Victoria trataba de no llorar por que sabía que sus lágrimas eran en vano. Cuando el líder socialista la veía llorar, él más la pellizcaba, mechoneaba, o le daba cachetadas.

Mientras Victoria estaba en prisión, ella se hacía muchas preguntas existenciales mientras la policía, detectives, Alexander, su familia, y amigos la buscaban.

Alexander no tan sólo la buscó en Chile, sino que también a nivel mundial, pero no la encontraba. Él se preguntaba si quizás Victoria había sido asesinada, secuestrada, o había decidido dejar su país. Él siguió buscándola y nunca renunció de buscarla.

Los días y meses pasaron y Victoria no recibió noticias de nadie. Victoria lloraba cuando se imaginaba cómo su familia y su novio tienen que haberla echado de menos mientras la buscaban y no la encontraban. Ella se sentía desesperada y a veces le parecía como si hubiera despertado de una pesadilla, pero cuando destellos de recuerdos de su novio pasaban por su mente, ella se sentía mejor y sonreía. Para mantenerse bien psicológicamente, ella trataba de concentrarse en pensamientos optimistas. Por ejemplo, a veces se imaginaba cuando hizo el amor con Alexander por primera vez y cuando paseaban en el jardín de la mansión de Alexander y él la besaba una y ora vez. Ella pensaba que eso era mejor que de pensar que era prisionera. Además, ella hacía ejercicios físicos para mantenerse bien.

CAPÍTULO XXIV

LIBERTAD

Como un año después que Victoria fue impresionada, un día ella se quedó dormida pensando en Alexander y soñó que era un día maravilloso con el cielo azul sobre un jardín florecido en el campo. Los niños corrían y cantaban canciones de Navidad mientras un perro pastor alemán arreaba sus ovejas entre rosales, pero gritos de prisioneros la despertaron. Ella saltó de susto y se preguntó, "¿Dios mío qué pasa?" De repente, escuchó a personas que corrían gritando por el pasillo, "¡Libertad, somos libres!" Luego alguien abrió la puerta de su celda de par en par. Enseguida, los gritos cesaron y en medio del silencio, Victoria caminó hacia fuera de su celda. Sus piernas temblaban mientras caminaba preguntándose qué estaba pasando. Todos los prisioneros habían salido de sus celdas como un rebaño de ovejas. Afuera de la prisión, algunas personas se abrazaban celebrando su libertad, mientras ella miraba el inmenso cielo azul sin ninguna nube. "Los prisioneros políticos son libres," ella escuchó que alguien les gritó. Otra persona gritó, "Salvador Allende se suicidó. Algunos de los torturadores socialistas son prisioneros ahora, mientras escapan o desaparecen." Ese día Victoria se sentía confundida, pero feliz porque era libre. Después de un rato cuando ella caminó por el frente de algunas tiendas, ella escuchó que algunas personas gritaban, "Augusto Pinochet tomó el poder y los Chilenos no pasarán hambre. Justicia para todos los chilenos que fueron encarcelados y torturados injustamente." Ella estaba libre mientras caminaba rumbo a la mansión de su familia que estaba en Las Condes. Más adelante en el camino, Victoria sintió hambre cuando ella olió olor a asado que salía de algunos restaurantes y vio platos de comida en las ventanas de algunos de ellos.

De repente cuando ella se acercó a un restaurante, Alexander llegó vestido con un terno oscuro, camisa blanca, y corbata al tono. Pero él no la reconoció. Ese día, ella era irreconocible. Ella se veía más delgada y sus ojos azules se le veían cansados y tristes. Su pelo rubio ese día se veía café y desordenado y su rostro blanco se le veía bronceado. Cuando Victoria se acercó a él para decirle "hola," él le pidió a una camarera que la apartara de su lado sin ni siquiera mirarla. Con lágrimas en los ojos, Victoria siguió caminando a la casa de sus padres. De camino ahí, ella sonreía cuando se preguntaba si Alexander todavía la esperaba. A pesar que ella no estaba segura si Alexander la esperaba todavía, Victoria se sentía feliz cuando pensaba en que iba a sentir los besos del hombre que amaba.

Unas horas más tarde cuando ella llegó a la casa de sus padres, ellos tampoco la reconocieron, pero luego la reconocieron y se abrazaron y reconciliaron. Después que ella les dijo lo que le había pasado, ella subió a su dormitorio que estaba en el segundo piso. Cuando abrió su ropero, su ropa estaba donde ella la había dejado, pero salió un olor a húmedo. Qué feliz se sentía Victoria de estar ahí en su dormitorio. Ella eligió un vestido rosado y zapatos rosados. Por un rato, ella se paró en el balcón de su dormitorio y recorrió con su mirada el jardín. Las flores y los árboles estaban floreciendo. Luego, ella se bañó. Mientras Victoria se vestía para cenar con el resto de la familia, ella oyó un ruido que iba del callejón. Ella fue a mirar por el balcón. A ella se le llenaron sus ojos con lágrimas de felicidad cuando reconoció el vehículo de Alexander. Por eso, ella bajó corriendo. El vehículo se detuvo al frente de la mansión. Pronto, él se bajó y mientras caminaba hacia la terraza a donde la familia de Victoria estaban sentados para cenar, de repente, él miró intrigado hacía la mesa, pues no podía creer que su amor estuviese ahí. Por unos instantes, él dudo que fuese Victoria, pero luego no tuvo dudas cuando ella corrió hacia él.

—¡Mi amor, Victoria, cariño estás aquí! —él le gritó entre lágrimas de felicidad mientras corría hacia ella.

—¡Sí, mi amor! —le gritó ella entre lágrimas mientras corría a encontrarlo.

Los dos sintieron que sus corazones latieron de prisa cuando se abrazaron y besaron. Él le susurró mientras sus lágrimas le rodaban por sus mejillas, —Mi amor te eché mucho de menos que mi vida sin ti no tenía sentido, pero ahora vuelves a mi para adorarte y quererte y seas mi mujer. Ahora, nunca te dejaré ir, cariño.

—¡Mi amor, te quiero, y te amo mucho más que antes! —ella le dijo entre lágrimas.

Después que se besaron y conversaron amorosamente por

un rato, ellos caminaron hacia la mesa adonde estaba la familia de Victoria. Mientras ellos caminaban, uno de los hermanos de Victoria les dijo, "¡Bravo, por su rencuentro!" En medio de risotadas de felicidad, ellos se sentaron a la mesa. Alexander y Victoria estaban juntos otra vez y muy felices. La familia de Victoria los miró enternecidos mientras se daban cuenta que se seguían amando.

Esa tarde, él no podía creer que la mujer que amaba de verdad estaba ahí sin saber que él no la había reconocido cuando ella se acercó a él en el restaurante. Victoria notó que Alexander estaba mucho más delgado y su cara se le notaba triste, pero cuando la vio, sus ojos se le llenaron de lágrimas de felicidad.

Victoria y Alexander se sentaron a la mesa para cenar con el resto de la familia.

Durante la cena, Victoria les contó lo que le había pasado, pero no les dijo detalles. Su familia le dijo a Victoria que se iban a querellar contra los culpables de su secuestro, pero Victoria les dijo que después porque quería ser feliz con el hombre que amaba y con ellos.

Ellos cenaron juntos y dispusieron la fecha de su boda para la víspera de Navidad en diciembre de ese año.

Después que cenaron, Alexander y Victoria subieron al segundo piso y conversaron de pie en el balcón del living. Abrazados, ellos recorrieron con su mirada el jardín florecido. Los rosales estaban florecidos. Alexander abrazó y besó a Victoria con pasión. Ella gimió cuando él la estrechó contra él. Mientras la besaba, ellos escucharon los pájaros que se movían en las ramas de un cerezo en flor afuera del living. También, ellos escucharon los grillos en el jardín.

Alexander se alojó en un dormitorio de huéspedes en la

mansión de la familia de Victoria. Después que Alexander abrazó y besó a Victoria, ella caminó a su dormitorio y él se fue a su dormitorio.

Así fue como Victoria estuvo prisionera como un año sin escuchar de Alexander, su familia, o amigos, mientras ellos la buscaban todos los días por todas partes. Alexander casi ni durmió esa noche porque no hallaba las horas que llegara la mañana para estar con Victoria. Ella también no podía quedarse dormida pensando en él. En su cama, Victoria sonreía mientras pensaba y se imaginaba caminando de la mano con Alexander por el jardín la mañana siguiente. Pero luego se quedó dormida pensando en él. Victoria no le quiso decir detalles de la tortura que sufrió en prisión porque ella quería ser feliz con Alexander. Él no podía quedarse dormido mientras deseaba a Victoria y no hallaba las horas que amaneciera. Pasaron las horas mientras Alexander esperaba que amaneciera y pensaba que el rencuentro con Victoria había sido un éxito. Luego, él se decía, "Cómo me habría gustado de haber pasado la noche con mi amor y haber echo el amor una y otra vez." Entonces, en su mente, él la veía al lado de él mientras se preguntaba, ¿Qué ropa vestirá mi amor mañana? ¿Estará pensando en mí? ¿No hallará las horas que amanezca para verme?

Desde ese día comenzaron a prepararse para la boda y cada día no se cansaban de amarse.

CAPÍTULO XXV

APEGO

La mañana siguiente, el canto de los pájaros despertó a Victoria. Ella sonrió cuando abrió sus ojos. Esa mañana, ella estaba feliz. A través del balcón, ella vio que los árboles florecidos se mecían con la brisa fresca de la primavera. Por un rato, ella miró el sol que subía entre la cordillera de los Andes mientras se preguntaba si Alexander se habría levantado. Luego cuando el sol comenzó a entrar en su dormitorio, ella se levantó y caminó al balcón en su piyama rosado. Su pelo rubio le brillaba sobre sus hombros. Alexander ya se había levantado y estaba conversando con algunos de sus hermanos al lado de un rosal en el jardín.

—¡Buenos días, mi amor! ¿Cómo amaneciste? —Victoria le dijo a Alexander.

Al verla, Alexander sonrió feliz y le dijo:

—Muy bien, cariño. ¿Y tú, mi amor?

—Feliz.

Enseguida, Victoria bajó sonriendo a encontrarse con Alexander que caminaba por el jardín. Alexander corrió a encontrarla mientras ella caminaba hacia él. Alexander la besó y le dijo:

—Te ves preciosa.

—Cariño tú también te ves muy atractivo.

Entonces, ellos fueron a desayunar con el resto de la familia en la terraza al lado de la piscina.

Después que Victoria desayunó con su familia y Alexander, ella y Alexander fueron a caminar por el jardín. Esa mañana, Victoria se veía muy sexy con un pantalón corto blanco, una polera rosada, y chalas al tono. Alexander se veía muy buen mozo en blue jeans, una camisa celeste, y zapatillas. En el jardín, Alexander besó a Victoria. Ella se emocionó porque hacía mucho tiempo que no había estado en el jardín.

—La hermosura de la primavera se ve por todas partes —dijo Victoria.

—Mi amor, **tú** eres mi primavera —él la abrazó y besó.

—¡Te eché tanto de menos! —ella lanzó un suspiro y sus ojos se le llenaron de lágrimas.

—Nunca te dejaré ir de mi lado, mi amor —él le susurró en su oído mientras la besaba.

Luego, mientras ellos paseaban de la mano entre los rosales, un periodista llegó para entrevistarla a Victoria. Victoria era también una periodista, por eso, no tubo problemas de responderle sus preguntas.

—¿Puede decirnos cómo se siente de estar libre? —preguntó el periodista.

—Muy feliz, a pesar, que nunca perdí las esperanzas de ser libre mientras estuve en prisión.

La cámara del canal de televisión la enfocaba mientras

Victoria respondía preguntas y fotógrafos le sacaban fotografías.

—¿Podría decirnos la causa por la cual estuvo prisionera? —preguntó el periodista.

—Sospecharon que yo le había dado información confidencial del gobierno socialista a la CIA —dijo Victoria.

—¿Y fue así o no? —continuó el periodista.

—No, yo tan sólo hacía mi trabajo de leer las noticias.

Entonces, Victoria le dijo acerca de la tortura.

—¿Podría decirnos, si tiene algunos planes de querellarse contra los torturadores? —siguió el periodista.

—Sí, para proteger a posibles victimas en el futuro. Eso será más adelante, pues ahora quiero estar con el hombre que amo, mi familia, y amigos —dijo Victoria.

—¿Piensa que muchas personas fueron torturadas como usted durante el gobierno socialista? —preguntó el periodista.

—Sí, pues los líderes socialistas eran brutos que no escuchaban, sino que usaban fuerza para torturar y arrebatar lo que querían en el nombre de la libertad, igualdad, justicia, y solidaridad —dijo Victoria. Pero ellos abusaban la libertad, la igualdad, y la justicia social en el nombre de su ideal socialista.

El canal de televisión estaba mostrando la entrevista en directo. Esa tarde mostraron la entrevista en las noticias una y otra vez.

Finalmente, terminó la entrevista y los periodistas le dieron las gracias a Victoria y a Alexander. Luego los periodistas dejaron solos a Victoria y Alexander. Ellos siguieron caminando de la mano por el jardín que estaba salpicado con flores. Cuando pasaron por el lado de rosas rojas, rosadas, y blancas que rodeaban una fontana, ellos se detuvieron. De pie al lado de la fuente con agua, Alexander abrazó y besó a

Victoria.

—¿Me amas, mi amor? —le preguntó Alexander.

—Muchísimo.

Alexander la estrechó entre sus brazos y la besó una y otra vez mientras los pájaros cantaban en los árboles. Luego, ellos se sentaron en el borde de la fontana y contemplaron su alrededor conversando y besándose. Algunas abejas zumbaban en una enredadera florecida en una estatua de niños al medio de la fuente con agua.

—Me encanta el zumbido de las abejas —dijo Victoria.

—A mi me encanta la miel —Alexander sonrió y besó a Victoria mientras percibían el perfume de las rosas.

Entonces, él cortó una rosa y se la dio a Victoria.

Ella tomó la rosa y se la llevó a su nariz para oler su perfume. Los pétalos de la rosa tocaron sus labios cuando ella dijo, —¡Me encanta su perfume!

Alexander apretó a Victoria entre sus brazos y la besó mientras ella sonreía de felicidad. Ellos estaban muy enamorados y se amaban de verdad.

El chorrito de agua que salía de las esculturas en la fuente con agua refrescaba el jardín ese día caluroso. De vez en cuando, pájaros se paraban al borde de la fuente y tomaban agua para refrescarse. Cuando ellos siguieron paseando por el jardín, ellos vieron muchas mariposas que volaban entre las flores de muchos colores. Ellos corrieron riendo entre las mariposas. De repente, él la tomó de la mano y se detuvieron. Él la miró a los ojos y le dijo:

—¡Bésame mi amor!

—Te beso si me das un clavel blanco con rosado —dijo Victoria sonriendo.

Él corrió por el jardín buscando un clavel como el que ella

quería, pero no encontraba ninguno de ese color. Había artos claveles blancos, rosados, y rojos. Mientras Alexander buscaba desesperado un clavel blanco con rosado las mariposas revoleteaban a su alrededor. De pronto, al lado de un rosal, él encontró un clavel blanco con rosado.

—Encontré un clavel blanco con rosado, mi amor —gritó Alexander mientras cortaba el clavel.

Victoria sonrió mientras él corría con el clavel hacia ella.

—¡Dame un beso, mi amor! —le dijo Alexander pasándole el clavel a Victoria.

Victoria lo miró a sus ojos con pasión y lo besó. Alexander la abrazó contra él y le dijo:

—¡Te amo, Victoria!

A la hora del almuerzo, ellos regresaron felices a la casa. Durante el almuerzo en el comedor principal que tenía una mesa grande, un chandelier, y piso de mármol que brillaba, ellos planearon la boda. Victoria se sentía feliz con Alexander y su familia. Ellos acordaron que la boda sería en la mansión de los padres de ella. Luego hablaron acerca de los invitados, la torta, la comida, el traje, la música, etc.

Después que almorzaron, Victoria y Alexander volvieron al jardín.

—¿A dónde iremos de luna de miel, mi amor? —le preguntó Alexander.

—¡A Hawai!

—¿Hawai, mi amor?

—Sí.

Ellos decidieron que se irían de luna de miel a Honolulu, Hawai. Luego, pensaron en los lugares que visitarían en Hawai.

—Nos sacaremos hartas fotografías en la famosa Playa Waikiki —dijo Alexander.

Ella se sonrió y dijo, —Sí, mi amor.

Ellos se estuvieron ahí casi toda la tarde. De regreso, antes del anochecer, ellos escucharon a los grillos y las ranas que comenzaban su serenata de cantos. Mientras caminaban por el césped verde, Victoria saltó de susto cuando casi pisó una rana que saltó cantando, "croa, croa."

—Amor no te asustes —Alexander la abrazó y besó.

—Me siento protegida a tu lado, cariño —dijo Victoria mirándolo con una sonrisa.

Ellos siguieron caminando tomados de la mano. La brisa estaba fresca mientras ellos caminaban.

Antes de llegar a la casa, Alexander la besó. A Victoria le encantaban los besos y caricias de Alexander. Ella lo encontraba muy apasionado. Alexander se decía que Victoria tenía una sonrisa de niña. Fue un día muy feliz.

Al otro día por la tarde después que almorzaron con la familia de Victoria, Alexander y Victoria atravesaron Las Condes para llegar al centro de Santiago a donde Victoria trabajaba. Muchas personas caminaban felices por ambos lados de las calles. Todos se sentían felices por la coup militar y la libertad de los chilenos. Mientras conducían, él la besó. Ellos iban a pasar a su trabajo, pero dispusieron eso para otro día. Ese día querían disfrutar. Por eso, se estacionaron al lado de una plaza y pasearon tomados de la mano. A veces él la estrechaba entre sus brazos y la besaba. Victoria se sentía contentísima de estar con el hombre que amaba.

Rato después, ellos fueron a la mansión de él. Cuando llegaron allí, en el living principal al frente de la piscina, él puso música romántica. Luego, Alexander comenzó a bailar una canción romántica con Victoria mientras le susurraba palabras amorosas en su oído. Mientras bailaban, ella sentía su corazón latiendo junto al de él. Rato después, ellos subieron a su dormitorio en el segundo piso. Él la besó tiernamente una y otra vez mientras le susurraba palabras amorosas. Ahí ellos hicieron el amor en su cama. Él estaba desesperado por hacerla su mujer una y otra vez. Ella también, pero lo disimulaba. Él estaba locamente enamorado de ella y ella también de él.

—¡Te amo, te quiero, y te necesito! —Alexander le susurraba.

—¡Yo también te amo, mi amor!

—¿Muchísimo, mi amor?

—Oh, sí te amo, cariño.

Alexander la abrazó apretándola contra él y la besó apasionadamente. Ella sintió sus labios calientes de pasión. Besándola mientras le susurraba en el oído, "Te amo, mi amor," él la acariciaba.

—Eres muy bonita, mi amor —él le dijo.

—Te quiero, mi amor.

En segundos, ellos estaban llenos de deseos el uno por el otro. Ella gemía mientras él aumentaba sus caricias y besos. Ellos hicieron el amor mientras escuchaban el sonido de la llovizna que entraba por el balcón. Él se sentía feliz que ella era su mujer otra vez. Después que hicieron el amor, él le acarició su pelo mientras se miraban con sus ojos fatigados del placer. Entonces, él la abrazó y se relajaron conversando.

Rato más tarde, ellos se levantaron y salieron al balcón del dormitorio. Mientras contemplaban la tarde abrazados, ellos encontraron la llovizna muy refrescante.

—¡Oh, Victoria, te amo! —él le susurró.

—Mi amor, yo también.

Horas más tarde antes del anochecer, ella le dijo a Alexander que tenían que regresar a la casa de sus padres porque los estaban esperando con la cena.

—No todavía, mi amor —dijo Alexander.

Ella sonrió y dijo:

—Estemos un rato más y después regresamos, cariño.

—Está bien, mi amor.

Así fue como ellos volvieron a la mansión de la familia de Victoria antes del anochecer. La familia de Victoria los esperaba para cenar. Aquella noche cenaron muy felices.

Cuando terminaron de cenar, Alexander y Victoria subieron al balcón del living en el segundo piso. Ahí, ellos abrazados contemplaron las estrellas que brillaban. Alexander la abrazó y besó a la luz de las estrellas. Ellos decidieron de llamar una estrella, "Alexander y Victoria."

—Esa estrella nos comunicará a donde sea que estemos —le susurró Alexander en el oído.

—Sí, mi amor.

Entonces ellos dispusieron de irse a costar. Alexander se alojó en la casa de la familia de Victoria, pero en un dormitorio de alojados.

—¡Qué duermas bien y tengas bonitos sueños! —él le dijo con un beso antes que se fuera a su dormitorio.

—Tú también, mi amor —ella le dijo con una sonrisa de felicidad.

Entonces, ambos se fueron a sus dormitorios. Él se fue a un dormitorio de alojados y ella a su dormitorio.

Alexander y Victoria no hallaban las horas de que llegara diciembre para casarse.

Así fue como Alexander y Victoria comenzaron a prepararse para su boda. Cuando se acercaba el día de la boda civil y religiosa, Victoria se colocó un poco nerviosa, aunque estaba muy enamorada de Alexander. Los dos habían organizado y planeado todos los detalles para que la boda fuera un día especial. También habían comprado sus pasajes de avión para pasar su luna de miel en Hawai.

PARTE IV

AMOR CONSUMADO

CAPÍTULO XXVI

¡DÍA DE LA BODA!

Cuando llegó el ansiado día de la boda de Alexander y Victoria en diciembre, Victoria vivía en la gran mansión de dos pisos de sus padres en Las Condes en Santiago de Chile. Esa mañana, ella se despertó al amanecer con el ladrido de su perro pastor alemán, Max. La brisa fresca entraba por el balcón. Era el día más importante para Victoria, pues se iba a casar con el hombre que amaba. Después de un rato, ella se levantó muy contenta. De pie en el balcón de su dormitorio que era grande y estaba en el segundo piso, Victoria recorrió con su mirada el jardín mientras pensaba en su novio, Alexander Winston. Las flores en el jardín estaban cubiertas con el rocío de la mañana. Victoria pensaba cuando muchas veces en el verano, ella y Alexander paseaban entre las flores en el jardín y a veces se sentaban en los escaños verdes. A Alexander le encantaba de acariciarle su cabello rubio mientras ella le miraba sus grandes ojos azules. Ella se preguntaba si él estaría despierto y pensando en ella. A veces, ella sonreía cuando recordaba cuando se conoció con Alexander en su trabajo el primer día que llegó a trabajar como periodista. Para los dos fue amor a primera vista. Victoria recordaba ese día que ellos se vieron por primera vez en el lobby del canal de televisión y él la miró con una sonrisa seductora. Ambos sintieron amor a primera vista. Así comenzaron sus reciprocas inclinaciones hasta que él le declaró su amor y ella asintió.

Así pasaron las horas y el sol comenzó a asomar en la cordillera de los antes. Enseguida, Victoria se comenzó a preparar para su boda con Alexander. Mientras ella se preparaba, ella se decía que quería tener artos recuerdos de la boda. Por eso se iba a sacar hartas fotografías. Ella había elegido un estilo clásico para su boda. Esa madrugada, ella se bañó un poco nerviosa, pero llena de felicidad. Luego se maquilló. Mientras se maquillaba, sus padres, hermanas mayores, y menores entraron a su dormitorio. Algunos se sentaron en su cama de dos plazas y otros estaban de pie mientras conversaban. Un rato después, llegaron sus hermanos. Todos estaban contentos por la boda de Victoria. Después que conversaron por un rato, las cuatro hermanas y hermanos de Victoria y sus padres fueron a arreglarse para ir a la ceremonia civil esa mañana. Ellos también se habían comprado ropa para la ocasión y habían ayudado a Victoria y Alexander con todas las preparaciones para la boda. Victoria se maquilló bien natural. Su cutis blanco se le veía hermoso con un rubor rosado y lápiz labial rosado. Luego, ella sonreía un poco coqueta mientras se colocaba un vestido rosado, zapatos blancos, y un sombrero blanco para la ceremonia civil. Luego, ella bajó y se dirigió a la terraza a donde Alexander estaba conversando con el padre de ella y algunos de sus hermanos. Alexander se veía muy elegante en un esmoquin oscuro, camisa blanca, y corbata al tono. El padre de Victoria, el Doctor Jaime Lennox, también se veía muy elegante en un esmoquin oscuro y camisa y corbata al tono.

—Mi amor, ¿Estás lista para ser mi esposa? —le susurró Alexander en el oído a Victoria.

—Sí, mi amor —ella sonrió feliz.

—Te prometo que siempre te haré feliz —él le susurró.

Ella sonrió y él la miró a los ojos y la besó. Ellos se llevaban muy bien como pareja. Entonces, llegó la madre de Victoria, la señora Linda Lennox. La madre de Victoria se veía muy elegante con un vestido verde claro, zapatos blancos, y sombrero blanco. La piel blanca de la madre de Victoria se veía tan blanca como la de Victoria. Para la familia de Victoria, era un día muy emocionante porque ella era una de las hijas menores.

—¡Hacen una hermosa pareja! —le dijo la madre de Victoria a Alexander y Victoria.

—Gracias, mamá —le contestó Victoria.

—Mi felicidad es Victoria —dijo Alexander.

Victoria sonrió y él la besó.

Entonces, los padres de Alexander llegaron. Ellos se saludaron de beso en la mejilla y conversaron por un rato. Victoria se dio cuenta que Alexander se parecía mucho a su padre, pues como él era alto, con ojos grandes azules, y pelo café claro. Los padres de Alexander estaban felices que su hijo se iba a casar con una mujer a quien él amaba. Así, se les pasó el rato conversando.

—Es hora que vamos al registro civil —dijo Victoria.

—Sí —dijo Alexander.

Los otros familiares de ella y de él estaban esparcidos por

el living, los dormitorios, y la terraza mientras los trabajadores andaban ocupados arreglando todo para la celebración de la boda civil y religiosa en la mansión. Cuando Victoria, Alexander, y los familiares cercanos de ella y él estaban listos, ellos salieron y se dirigieron al vehículo para ir al registro civil. Alexander miró a Victoria con ternura y ella lo miró con sus ojos azules llenos de felicidad.

—¡Te amo, mi amor! —Alexander le susurró en el oído a Victoria.

—Yo también, cariño.

Alexander la abrazó y besó y siguieron caminando de la mano. Era una mañana soleada y los pájaros cantaban entre los árboles.

Entonces, él puso su mano sobre su espalda mientras caminaban. Cuando se subieron al vehículo, Alexander abrazó a Victoria mientras conversaban y ocasionalmente la besaba. El chofer salió conduciendo el vehículo despacio a través del callejón. Así conversando, ellos cruzaron Las Condes para llegar al Registro Civil. Ese día había mucho tráfico pues era el día antes de la Navidad.

Cuando llegaron al Registro Civil, el chofer se estacionó al frente del edificio y luego bajó rápidamente y les abrió la puerta para que bajaran. Alexander se paró frente a Victoria y la besó antes de entrar a la oficina del Registro Civil. Adentro de la oficina del Registro Civil, ellos siguieron el protocolo y se casaron. Ellos se pusieron las argollas y se besaron con ternura. Los familiares y amigos los abrazaron felicitándolos. Todos estaban muy felices.

Después que se casaron por el civil, ellos regresaron a la mansión. Victoria y Alexander pensaron que la mansión de la familia de ella era perfecta para celebrar su boda, pues era grandísima, con enormes ventanales y balcones y tenía habitaciones para la familia, parientes, invitados, y servidores. La mansión de la familia de Victoria era una de las más ricas en Las Condes. Ellos almorzaron muy felices en el comedor principal con vista a la piscina. La brisa refrescante entraba por la terraza. La mesa estaba cubierta con un mantel blanco de encajes. Dos candelabros de plata a cada lado de la mesa hacían juego con la vajilla de plata. La mesa también estaba arreglada con platos con diseños de Navidad y con pétalos de rosas rojas y blancas. La mesa reflejaba la elegancia de la familia de Victoria y Alexander.

—¡Tú vestido de novia es hermoso! —una de sus hermanas dijo.

—Gracias —dijo Victoria.

—Sí, y el novio no puede verlo antes de casarse —dijo otro. Ellos todos rieron.

Después del almuerzo, ellos conversaron por un rato. En el patio al frente de la mansión, antes de que Alexander se fuera a su casa para arreglarse para la ceremonia religiosa, él le susurró palabras amorosas a Victoria.

—Pronto tú y yo seremos marido y mujer —le susurró Alexander en el oído a Victoria.

—Sí, mi amor.

Él la abrazó y besó. Entonces, él se fue a la mansión de sus padres a prepararse para la ceremonia religiosa.

Luego, Victoria también se comenzó a preparar para la ceremonia religiosa. En su dormitorio, Victoria sonreía feliz mientras sus hermanas la ayudaban a colocarse su traje de novia con su tremenda cola. De las cuatro hermanas, Victoria era la que tenía la piel más blanca. Muchas veces la confundían por una mujer Alemana, pero ella tenía descendencia Alemana nacida en Chile. Esa mañana los ojos grandes azules de Victoria le brillaban de felicidad.

—¡Hija te ves hermosa! —le dijo su madre.

—Gracias, mamá —le contestó Victoria.

Sus padres y hermanos se emocionaron cuando la vieron tan hermosa a Victoria en su vestido de novia.

Esa tarde para la ceremonia religiosa, Alexander en un esmoquin oscuro, camisa blanca, y corbata al tono llegó con su madrina antes a la iglesia y esperó en el altar a Victoria. Los invitados ya habían llegado y estaban sentados en bancos a la derecha y izquierda. Rato después cuando Victoria entró a la iglesia del brazo derecho de su padre y una niña le llevaba la cola del velo, la marcha nupcial comenzó a tocar mientras caminaba hacia Alexander. Los familiares y invitados la miraban emocionados, pero felices. Victoria se veía muy hermosa y blanca en su vestido de novia. Alexander también se veía muy elegante vestido con un esmoquin. Mientras Victoria avanzaba hacia Alexander, él se decía, "¡Qué hermosa, elegante, y distinguida se ve mi amor!" Cuando ella llegó al altar, su padre la entregó a su novio. Alexander sonrió y la ayudó a colocarse a la izquierda en los reclinatorios.

Durante la ceremonia, todos miraban a Victoria y a Alexander. Cuando Alexander le levantó el velo y besó a Victoria, todos los invitados los miraban felices.

Luego cuando la ceremonia religiosa terminó, Victoria y Alexander caminaron hacia la entrada de la iglesia con el paje y padrinos. Mientras Alexander y Victoria salían, ellos le sonreían a los invitados. Algunos familiares y invitados los felicitaban. A la salida de la iglesia, todos sonreían muy felices y clavaron sus miradas en ellos y les tiraron el clásico arroz para la buena suerte. A Victoria y Alexander les emocionó todo ese cariño y entusiasmo de sus familiares y amigos. Luego, en un feliz griterío de felicidad, Victoria lanzó el ramo de rosas rojas y blancas a las solteras. Todos reían mientras las mujeres solteras trataban de alcanzarlo.

Entonces, Alexander y Victoria se dirigieron al Range Rover que los llevaría a la mansión de la familia de ella. El chofer les abrió la puerta del vehículo y Alexander le tomó la cola del vestido a Victoria para que subiera. Adentro del vehículo los dos se sentaron en el asiento de atrás. Alexander la abrazó, besó, y le susurró palabras amorosas en el oído a Victoria. Entonces, él le acarició sus manos con ternura y se las besó.

Así muy contentos, ellos se fueron a celebrar a la mansión de la familia de ella mientras los familiares y amigos los seguían. Durante el camino, Alexander miraba a los ojos a Victoria y la abrazaba y besaba.

—El primer instante que te vi mi amor, supe que ibas a ser mi esposa —Alexander le dijo con una sonrisa amorosa.

—Yo también desde ese momento tan sólo quería ser tu esposa, mi amor.

—Te quiero, amor mío —Alexander besó a Victoria.

—Yo también, cariño.

Entonces, él le tomó la mano con el anillo a Victoria y le dijo:

—¡Tu mano se ve preciosa!

—Tu mano también, mi amor.

Cuando iban llegando a la gran mansión, Alexander y Victoria escucharon una explosión de aplausos y risotadas felicitándolos. Alexander bajó primero y abrió la puerta del vehículo para que bajara Victoria. Él le tendió la mano y ella la tomó sonriendo. Algunos familiares, amigos, y empleados estaban reunidos al lado de la entrada de la mansión. Enseguida, Alexander y Victoria se abrieron paso entre la multitud hacia el gran comedor que tenía mesas largas a los lados. Los invitados estaban esparcidos en el comedor. Cuando Alexander y Victoria bailaron el valse clásico, El Danubio Azul de Johann Strauss, todos los miraban emocionados mientras ellos bailaban más felices que nunca. Todos los aplaudieron cuando el valse terminó. Victoria y Alexander sonreían felices.

—¡Otro valse! —uno gritó y los demás todos asintieron.

Alexander y Victoria muy felices bailaron otro valse, Voces De Primavera de Johann Strauss. Todos se veían felices y sonreían. La mansión estaba llena de familiares y invitados.

Luego brindaron por su felicidad. El padre de Victoria dijo un discurso deseándole felicidades a los recién casados. Enseguida, Alexander le dio las gracias a todos los invitados por haber asistido a su boda. Los invitados aplaudieron. Entonces, la novia cortó la torta de boda y colocó un pedazo para todos. Muy contentos todos comenzaron a comer torta con champaña y los niños con jugo. Los novios se sacaron hartas fotografías solos y con los invitados. Entonces, Victoria se sacó el traje de novia y se colocó un traje de fiesta blanco y largo y zapatos blancos de tacón alto. Alexander también se cambió de ropa y se colocó pantalones oscuros, una camisa blanca, una corbata marrón, y zapatos al tono.

—¡Te ves maravillosa, mi amor! —Alexander le susurró a Victoria.

Ella sonrió contentísima y le dijo:

—Te quiero, amor mío. Tú también te ves muy elegante.

Esa tarde, todos los invitados vestían ropas de gala. Las mujeres andaban con vestidos largos de gala y los hombres con esmoquin.

Después, todos pasaron al comedor para cenar. Habían hileras de mesas con mantel blanco y candelabros a lo largo del comedor. Primero las empleadas les sirvieron la cena a los novios, luego a sus padres, y después a todos los demás. Todos estaban disfrutando la boda. El árbol de pascua en el living y comedor se veían muy hermosos.

Cuando la cena terminó, Alexander otra vez le agradeció a todos los invitados por haber ido a su boda y luego los invitó a bailar en un salón al lado del comedor. Antes que el baile comenzara, algunos invitados se sacaron fotografías con los novios. Los novios conversaron con algunos invitados. En minutos, los novios comenzaron el baile como recién casados y luego ellos invitaron a todos a bailar. Los familiares y amigos se divertían bailando y conversando. En la pista a donde muchas parejas bailaban, a veces cuando tocaban canciones románticas, Alexander tomaba a Victoria por la cintura y ella acomodaba sus manos alrededor de su cuello mientras se movían al ritmo de la música.

—¡Te quiero, mi amor! —él le susurraba en el oído.

A Alexander le encantaba de sentirla cerca de él. A ella también le gustaba eso y cuando él le susurraba palabras amorosas. En una ocasión, ellos rieron cuando se quedaron entrelazados después que bailaron una canción romántica y había comenzado una cumbia.

Casi se amanecieron fiesteando.

CAPÍTULO XXVII

Viaje De Luna De Miel A Hawai

El día siguiente en la mañana que Alexander y Victoria disfrutaron su boda con familiares y amigos, ellos se fueron de luna de miel a Honolulu, Hawai, pues pensaron que era uno de los lugares más románticos del mundo. Ellos habían preparado el equipaje para la luna de miel con anticipación, pues querían tener todo listo ese día. Sus familias los fueron a dejar al aeropuerto. En el aeropuerto, ellos conversaron muy contentos por un rato. Entonces, por alto parlantes, un anunciador llamó su vuelo, "Señores pasajeros. Su atención, por favor. Lan Chile anuncia la salida de su vuelo 757, con destino a Miami, los Estados Unidos."

—¡Mi amor, vamos a abordar el avión! —Alexander le dijo a Victoria.

—Sí, cariño.

Todos sus familiares los abrazaron y besaron deseándoles muchas felicidades en su luna de miel. Entonces, Alexander y

Victoria partieron felices a abordar el avión rumbo a su luna de miel.

—Mándenlos postales —dijo uno de sus hermanos.

—Sí —dijo Victoria sonriendo muy feliz mientras caminaba al lado de Alexander.

Los recién casados siguieron caminando hasta donde los esperaba su avión de Lan Chile. En minutos, ellos abordaron el avión que los llevaba a Honolulu con escala en Miami. Ellos se sentaron al lado de una ventanilla. Antes que el avión despegara, Alexander y Victoria miraron por la ventanilla. Ellos vieron a sus familiares mirando el despego del avión en el segundo piso del aeropuerto.

Entonces, el avión despegó y se elevó mientras sus familiares los miraban del balcón del aeropuerto. Ellos habían organizado su luna de miel con tiempo, por eso, ellos ya tenían reservaciones en uno de los hoteles más lujosos en Honolulu. También, ellos sabían los lugares que iban a visitar. En el avión, ellos se abrazaban y besaban mientras conversaban.

—Mi amor, me parece un sueño que nos vamos de luna de miel a Hawai —Alexander le dijo tiernamente.

—Mmm… Mi amor, te quiero —le dijo Victoria amorosamente.

Alexander abrazó y besó a Victoria una y otra vez mientras le susurraba palabras amorosas.

Rato después, las azafatas comenzaron a caminar por el pasillo mirando de lado a lado. Enseguida, ellas le preguntaron a Alexander y Victoria que iban a almorzar. Ellos pidieron sopa de pollo con arvejas, bistec con puré, ensalada de tomate y palta, y jugo de manzanas.

Minutos después, una azafata llegó con el almuerzo en bandejas y lo colocó al frente de cada uno. De postre comieron frutillas con crema. Alexander y Victoria pidieron almuerzo a su gusto porque viajaron en primera clase. El almuerzo estuvo muy bueno.

Después que almorzaron, ellos se abrazaron y conversaron.

—Mi amor desde que te conocí soñaba con irme contigo al lugar más maravilloso de luna de miel —él le susurró.

—Ahora tu sueño es realidad, cariño.

Alexander la abrazó y besó con ternura apretándola contra él.

Mientras él le susurraba palabras amorosas en su oído, él le dijo:

—¿Quieres que me coma esa orejita, mi amor?

—Sí, mi amor.

Él la siguió besándola.

Así, ellos se quedaron dormidos con el zumbido monótono del avión. Rato después, ellos despertaron de repente un poco asustados cuando el avión dio un vaivén. Ellos se besaron y siguieron durmiendo abrazados.

Así pasaron las horas y el avión llegó a Miami. Ellos se bajaron del avión y esperaron por el vuelo a Honolulu. Mientras esperaban por su vuelo, ellos fueron a comer algo a un restaurante. Ellos se dieron cuenta que muchas personas hablaban en español en Miami. Por eso, ellos no tenían para que hablar en inglés. Después que comieron algo, ellos fueron a esperar su vuelo. Como en una hora, ellos abordaron el avión que los llevaba a Honolulu. Muy felices ellos no hallaban las horas de llegar a su destino.

CAPÍTULO XXVIII

LUNA DE MIEL EN HONOLULU, HAWAI

Después de algunas horas, ellos iban llegando a Honolulu. Cuando el avión descendió para aterrizar en la isla, Alexander y Victoria entraron en éxtasis mientras miraban fascinados las hermosas playas con aguas de tonos verdes y azules rodeadas de arena blanca, pasto verde, y palmeras. El día estaba bonito sin ninguna nube. Después que el avión aterrizó en el aeropuerto internacional de Honolulu, ellos salieron del avión y caminaron por un pasillo hasta el final del cual muchas personas esperaban sonriendo a sus seres queridos. Ellos escucharon muchos, "Hi!" "How was your trip?" "Welcome back!"

—¡Cariño, vamos a buscar nuestro equipaje! —Alexander le dijo a Victoria.

—Sí, mi amor.

Ellos fueron a buscar sus maletas. Cada uno había llevado una maleta. Entonces, ellos fueron a buscar un Range Rover que habían reservado en una agencia de arriendo de vehículos que estaba al frente del aeropuerto. Al salir del aeropuerto, ellos vieron hartas palmeras a lo largo de la calle adonde muchos pasajeros esperaban para que los fueran a encontrar. Enseguida, ellos llegaron a la agencia de arriendo de vehículos y firmaron los documentos para arrendar un Range Rover. Un hombre les ayudó a poner las maletas en el porta maletas. Todas las personas hablaban en inglés. Entonces, muy contentos, ellos se subieron al vehículo y condujeron rumbo al lujoso Hotel Sheraton Moana Surfrider al lado de la famosa playa Waikiki. Alexander condujo y ella se sentó a su lado sonriendo. De camino al hotel, ellos miraban a su alrededor. En ambos lados de la carretera, ellos vieron muchas flores y naturaleza verde. Más allá, en ambos lados de la panamericana se veían montañas verdes. Era una hermosa mañana soleada. Ellos se dieron cuenta que el cielo azul estaba despejado y que no había smog como en Chile. Ellos estaban encantados en la isla.

Como una hora después, ellos llegaron a Waikiki que era el centro turístico de Honolulu en Hawai. En ambos lados de las calles bajo las palmeras que se mecían con la brisa tibia, muchos turistas caminaban en pantalones cortos, poleras, y aguallanas con diseños de la isla.

Entonces, ellos entraron a la Avenida Kalakaua en Waikiki adonde estaba el Hotel Sheraton Moana Surfrider. En ambos lados de la avenida se veían tiendas y restaurantes lujosos. Muchos buses con turistas estaban estacionados al frente de hoteles de lujo. Cuando vieron el famoso Hotel que era un edificio de estilo colonial, ellos sonrieron contentos porque lo encontraron muy hermoso.

—¡Llegamos, mi amor! —dijo Alexander tomando de la mano a Victoria.

—Sí, cariño.

Al llegar al hotel, ellos se estacionaron al frente de la gran entrada. Un empleado del hotel les abrió la puerta y le tendió la mano a Victoria para que bajara. Después que Alexander y Victoria bajaron del vehículo, ellos se dirigieron a la entrada del hotel mientras un empleado llevaba las maletas al lado de ellos. En la gran entrada, un empleado los recibió muy amable con un collar de flores frescas y les dijo, "Aloha," que significaba "¡Bienvenidos!" Entonces, el empleado los guió a la recepción y Alexander firmó la reservación. Después, el mismo empleado les explicó que el hotel tenía varios restaurantes, salones de juego, y piscinas. Alexander y Victoria estaban muy felices y sorprendidos por la elegancia del hotel. Entonces, el joven los guió al ascensor para subir a su suite en el sexto piso. Durante el trayecto, el elevador indicó cada piso con un clic hasta que llegó al quinto piso y abrió. Alexander besó tiernamente a Victoria mientras caminaban por el pasillo. La alfombra floreada se veía muy elegante. Luego, ellos llegaron a la suite. El hombre puso la llave en la puerta y la abrió.

Adentro de la suite, Alexander y Victoria miraban a su alrededor muy felices.

—La suite es preciosa —dijo Victoria.

—Sí, mi amor —Alexander la besó.

—¡Es un día maravilloso! —dijo Alexander mientras el trabajador corría la cortina de la ventana que daba al balcón.

—Casi todos los días son así en Hawai, señor —contestó el trabajador.

—Sin duda le llaman a Hawai, "paraíso" —dijo Victoria.

La habitación era grande y tenía una alfombra floreada muy elegante y limpia. Al medio de la suite, había una cama de dos plazas que tenía un cubrecama floreado. Al lado de una pared había un refrigerador chico que tenía frutas y jugos. También, Había una mesa y dos sillas en la suite y en el balcón. El baño tenía un jacuzzi. Alexander abrazó y besó a Victoria. A los dos les gustaba el lujo, por eso, el hotel era perfecto para ellos.

—Muy bien, señor y señora, espero que disfruten su luna de miel —dijo el empleado con una reverencia.

—Muchas gracias —dijo Alexander.

El trabajador salió de la suite y los dejó solos.

Ellos sonrieron, pues encontraron la suite muy hermosa.

Enseguida, Alexander tomó de la mano a Victoria y la guió al balcón. Ahí, ellos se pararon abrazados y miraron al frente la famosa playa Waikiki. La playa se veía espectacular con sus aguas cristalinas, la arena blanca, y los surfistas que saltaban al ritmo de las olas. Muchas personas nadaban en la playa esa mañana, mientras otros tomaban el sol tendidos en sus toallas.

Entonces, muy contentos, ellos fueron a buscar los binoculares que estaban en uno de sus bolsos. Pero cuando Alexander vio una champaña sobre la mesa, él quiso festejar.

—¡Brindemos, mi amor, por la felicidad de nuestra luna de miel! —dijo Alexander tomando la champaña Perrier Jouet que estaba adentro de un balde con hielo.

—¡Sí, cariño! —ella miró a Alexander mientras él destapaba la botella.

El corcho saltó lejos y ellos se largaron a reír. Entonces, mientras él llenaba dos copas con champaña, ella se decía que su esposo era muy guapo. Ellos estaban muy felices esa mañana. Enseguida, Victoria sintió su ardiente mirada cuando brindaron tocando sus copas.

—¡Por la felicidad de nuestra luna de miel, mi amor! —dijo Alexander besando a Victoria.

Ella sonrió y le dijo, —Sí, cariño por nuestra felicidad.

Ellos se tomaron la copa de champaña al seco.

—Mi amor estamos recién casados —Alexander le susurró en el oído a Victoria.

—Sí, mi amor.

Él la miró a sus ojos y la besó, —Te amo, Victoria.

—Oh, cariño, yo también.

Entones, ellos volvieron al balcón. De pie, ellos miraron nuevamente la vista de la playa hermosa. El agua del mar azul se veía preciosa mientras las palmeras se mecían.

—El hotel es muy bonito —dijo Victoria.

—Me siento feliz que te guste, mi amor —él la abrazó y besó tiernamente.

—Oh, cariño. Te amo.

—Mi amor te quiero tanto que no hay palabras para describirlo —dijo él mirándola a sus ojos.

Ella sonrió y él la besó.

Entonces, Alexander le preguntó a Victoria qué quería hacer. Ella sonrió tiernamente y él la tomó en sus brazos mientras la besaba.

—¿Quieres pasear en la playa, mi amor? —él le preguntó.

—Sí, mi amor —dijo ella sonriendo.

—Te quiero, mi hermosa esposa —le dijo Alexander con una sonrisa seductora.

Ella sonrió. Él la tomó en sus brazos.

—¿Quieres que tengamos un bebé? —él le dijo.

—Sí, mi amor —sonrió Victoria.

—¡Vamos hacer un bebé, mi amor! —él la besó mientras

la llevaba en sus brazos a la cama. Ahí, Alexander siguió besándola y de apoco comenzó a acariciarla. A veces Alexander la miraba a sus ojos y le decía, "Te quiero, mi amor." Los dos sudaban con deseos hasta que él le comenzó a desabotonar su vestido blanco con cuello rebajado. Alexander la besó con ansias mientras la acariciaba y ella lo abrazaba apasionadamente. Ellos se estremecían de deseos y placer mientras hacían el amor. Luego, se miraron a sus ojos con el cansancio del placer. Ella colocó su cabeza sobre su pecho mientras él le acariciaba su pelo suavemente.

—¡Mi amor, te quiero, te amo, y te adoro! —Alexander le susurró mientras la abrazaba.

—¡Yo también, cariño!

Después que se relajaron por un rato, ellos se bañaron en el jacuzzi. Ella se puso un vestido floreado con escote rebajado. Él se puso un pantalón corto, una polera rosada, y zapatos deportivos. Ella se alisó su pelo frente al espejo mientras Alexander le besaba sus hombros y la abrazaba de la cintura. Cuando ella terminó de peinarse, Alexander la besó:

—Te quiero mi amor.

Ella lo miró con ternura. Él la besó otra vez apretándola contra él, lo cual le encantaba a Victoria.

Los recién casados estaban gozando su luna de miel en Honolulu. Todo era perfecto. La champaña, las playas con aguas azules verdosas cristalinas, y el día maravilloso. Después que se relajaron, ellos bajaron a desayunar.

CAPÍTULO XXIX

PASEAR EN LA FAMOSA
PLAYA WAIKIKI

Esa mañana en Honolulu, Alexander y Victoria bajaron tomados de la mano a desayunar en la terraza del hotel al frente del mar. Mientras caminaban por el pasillo hacia el ascensor, ellos conversaron felices.

—¿Se darán cuenta las personas que estamos recién casados y disfrutando nuestra luna de miel? —dijo Alexander.

Ella sonrió y dijo, —¿Y que hicimos el amor?

Alexander besó a Victoria antes de tomar el ascensor. Enseguida tomaron el ascensor. Ellos eran los únicos en el ascensor, por eso, Alexander abrazó y besó a Victoria.

Era una mañana maravillosa. El cielo estaba azul y sin ninguna nube.

En la terraza del hotel frente al mar, ellos se sentaron a una mesa bajo la sombra del gran y famoso árbol de Banyan. Los pájaros cantaban en el árbol de Banyan y la palmeras alrededor mientras un camarero tomaba su orden. Esa mañana la música típica de la isla sonaba muy agradable mientras desayunaban.

Esa mañana, ellos desayunaron panqueques con mermelada de piña, bistec con huevos, y postre de frutillas. Ellos también pidieron jugo de manzana.

—¿Te gusta el desayuno, mi amor? —Alexander le preguntó.

—Sí, me encanta.

—Cariño, te amo.

—Yo también, mi amor.

Ellos disfrutaron conversando durante el desayuno mientras sentían la brisa fresca.

Cuando terminaron de desayunar, ellos fueron de la mano a pasear a lo largo de la Playa Waikiki. Esa mañana, muchos turistas caminaban alrededor de la playa.

—Me encanta el sonido de las olas —ella dijo.

—A mi también, mi amor —dijo él.

Él la detuvo y la estrechó entre sus brazos y la besó.

—¿Piensas que hicimos un bebé, mi amor? —le preguntó Alexander.

Ella sonrió y él la besó una y otra vez.

Un poco más tarde, ellos se sacaron los zapatos. Por un rato, ellos caminaron pies descalzos en la arena. Ellos sintieron la arena muy suave, pero caliente bajo sus pies. El aire estaba lleno de aromas a bronceadores que personas se colocaban en sus cuerpos mientras tomaban el sol tendidos en sus toallas.

Más adelante, ellos se sentaron en un escaño verde bajo unas palmeras altas.

—La Playa Waikiki es muy romántica —dijo Alexander.

—Sí, mi amor.

Él le tomó sus manos y luego la besó.

—Me encantan tus besos, mi amor —Alexander le susurró.

—A mi también, amorcito.

Así, ellos se entretuvieron conversando. Entonces, ellos continuaron paseando a la orilla de la playa. Cuando habían caminado por un rato, ellos se detuvieron y se pusieron a mirar a grupos de niños que disfrutaban tirándose agua.

—Me gustaría que tuviéramos artos hijos, mi amor —dijo Alexander.

—¿Cuántos mi amor? —ella le preguntó sonriendo de felicidad.

—Artos —él le dijo abrazándola y besándola.

Ellos se dieron cuenta que en la famosa Playa Waikiki no andaban vendedores ambulantes de gafas, piñas, o chocolates como en las playas en Chile. Algunos turistas que tomaban el sol tendidos en sus toallas tenían sus caras coloradas como jaibas.

Entonces, ellos continuaron paseando de la mano y llegaron al Parque Kapiolani que estaba cubierto de césped. Ahí, ellos se detuvieron frente a un árbol de banyan que era muy alto y frondoso. Algunos niños se golumpiaban en las raíces del árbol que parecían culebras cafés.

—Cariño, sentémonos en el césped —le dijo Alexander.

—Sí, mi amor.

Ellos se sentaron en el césped. Él se sentó apoyando su espalda en una palmera muy alta.

—Mi amor, a menudo me pasaba noches en vela imaginando que veníamos a pasar nuestra luna de miel a Hawai. Me sentía feliz cuando pensaba en todas las cosas que haríamos.

—Yo también pasaba horas fantaseando como sería nuestra luna de miel en Hawai.

Mientras conversaban, el sonido de las palmeras que se mecían con la brisa de la mañana era muy agradable.

—¿Te gustaría que tuviéramos un bebé este año, mi amor? —él le susurró en el oído.

—Claro que si mi amor, me encantaría. Sería la mujer más feliz.

—Me gustaría que se pareciera mucho a ti, mi amor.

—Yo quiero que se parezca a los dos.

—Sí, mi amor —él la besó.

Luego, ellos siguieron caminando. Estaba caluroso. Mientras paseaban de la mano, las palmeras se mecían. Había muchos árboles florecidos que se parecían a las acacias.

—¿Te gustaría que tuviéramos nuestro hijo aquí?— Alexander le preguntó.

—En nuestro país, mi amor. Para que toda la familia viera a nuestro hijo. Después podríamos venir aquí.

—Así lo haremos, pues quiero complacerte en lo que quieras.

Entonces, ellos subieron al famoso Mirador Cabeza de Diamante. Mientras subían por el borde de la calle del acantilado ondulado, ellos se deleitaban mirando las olas blancas entre los árboles al lado derecho. En ambos lados del camino, habían artos árboles altos. Cuando ellos llegaron a la cima, Alexander abrazó a Victoria y disfrutaron la vista desde el precipicio. Muchos surfistas saltaban con las olas mientras otros flotaban en sus tablas. Él se sentía tan enamorado de Victoria que no tan sólo quería abrazarla sino que también quería tener un hijo de ella. Por un rato, él la abrazó por la espalda y miraron juntos el barranco adonde muchos jóvenes practicaban el surfing.

—¡Qué vista más maravillosa! —dijo Alexander mirando

abajo el mar azul con los surfistas.

—Sí, mi amor.

Más tarde cuando comenzó a chispear, ellos regresaron al hotel. En medio de la llovizna y la niebla, ellos bajaron rumbo al hotel. Después de un rato, ellos se detuvieron y miraron hacia el mar mientras se decían palabras amorosas y se besaban.

Cuando llegaron al hotel, ellos subieron a su habitación y se relajaron en la cama por un rato mientras se besaban. Los dos se sentían muy felices amándose. Entonces, ellos se bañaron y se vistieron. Ella se puso un vestido blanco ajustado con cuello bajo. Él se puso un pantalón corto verde claro, una polera celeste, y zapatos al tono. Él la ayudó a abotonar su vestido.

Se había oscurecido cuando ellos se levantaron y miraron por el balcón. Afuera, no estaba lloviznando y el cielo estaba cubierto con estrellas.

Después de un rato, Alexander y Victoria fueron a cenar a la terraza del hotel. Ahí, ellos sonrieron muy contentos mientras caminaban entre mesas para sentarse. Se escuchaba el murmullo de las conversaciones, el tintineo de los platos, y de las copas. Las mesas estaban cubiertas con manteles blancos y había un candelabro al medio de cada una. Luego, un camarero les tomó la orden. Alrededor de la terraza habían antorchas que hacían verse el ambiente más romántico y íntimo. Turistas llegaban y salían de la terraza mientras músicos cantaban y tocaban sus instrumentos en un escenario. Cuando llegó la comida, Alexander probó el vino.

—¡Está muy bueno! —dijo Alexander sonriendo.

Ella sonrió y dijo, —Quiero probarlo.

—Pruébalo, mi amor —dijo Alexander pasándole una

copa con vino blanco.

—Mmm… Está muy rico. Tiene gusto a frutillas —dijo Victoria saboreándolo.

—Como tus besos, mi amor —Alexander dijo con una sonrisa seductora.

Ella sonrió. Entonces, comenzaron a comer.

—Te quiero, mi amor —le dijo Alexander a Victoria estrechando su mano sobre la mesa y tomando la de Victoria en la suya.

—¡Oh, mi amor. Yo también! —dijo Victoria.

Cuando vieron un yate, ellos se acordaron que tenían programado un crucero por dos días alrededor de la isla.

—¿Cómo encuentras la comida, mi amor? —le preguntó Alexander.

—Deliciosa, cariño.

—Me encanta escuchar eso, mi amor.

Más tarde, ellos regresaron a su suite. Ahí, abrazados, ellos miraron el cielo estrellado desde el balcón mientras él le rozaba sus labios lentamente para darle un beso. A veces, él le acariciaba su pelo con ternura mientras conversaban amorosamente.

—¿Cómo lo estás pasando, mi amor? —le preguntó Alexander.

—Muy feliz.

—Me encanta escuchar eso, cariño —le dijo Alexander con un beso.

A veces, él la besaba y ella se sentía feliz con sus besos. De repente, él la tomó en sus brazos y la llevó a la cama mientras la besaba. Ellos no encendieron la luz, pues luz entraba de afuera.

—¡Oh, te quiero, mi amor! —él le susurró en el oído mientras le desbotonada su vestido blanco.

Él la besó y acarició con ternura mientras ella se sentía desesperada con deseos. Sus cuerpos estaban húmedos y sudorosos de placer. Los dos estaban llenos de deseos. En medio del éxtasis de su pasión sin control, él la besó, —¡Te quiero, te amo, amor mío! Él la besó por todas partes. A él le excitaba de verla llena de deseos. En segundos, ellos se estremecieron con deseos y placer. Ella se dejó amar por el hombre que amaba. Ellos se amaron a la luz que entraba por el balcón. El placer y pasión los dejó agotados.

Más tarde, ellos se bañaron en un jacuzzi. El agua tenía aroma a duraznos. Él la acarició suavemente por todas partes mientras la besaba. Cuando Alexander le besó los senos a Victoria, ella dio un quejido de placer. Él la miró y sonrió lleno de amor y deseos. Entonces, Alexander la siguió besando con más ansias. Cuando le tenía las piernas entreabiertas, ella gemía de placer. En segundos, los dos gemían de placer y se sentían a punto de estallar de pasión. Entonces, los dos perdieron el control y temblaban de placer y gozo cuando les llegó el orgasmo. Ellos hicieron el amor mientras escuchaban el sonido del mar, las palmeras, y risotadas de niños. Sus ojos se les notaban fatigados con el cansancio del placer.

Después de haberse amado por horas, ella sintió hambre. Él fue al mini refrigerador a buscar frutillas con crema. Cuando regresó, él colocó las frutillas y crema en una mesa al lado de la cama.

—¡Come una frutilla, mi amor! —él le dijo dándole una con un tenedor, pero la frutilla se resbaló y cayó en el pecho de Victoria.

Alexander recogió la frutilla con su boca mientras la besaba. Ella sintió un cosquilleo y se largó a reír. Alexander hundió su cara en el cuello de Victoria mientras ella gozaba de placer. Mientras más la besaba Alexander, ella más placer sentía.

—¿Te gusta, mi amor? —le dijo Alexander mirándola a los ojos.

Ella sonrió con deseos mientras él más la besaba. Entonces, cuando él le puso la frutilla en la boca, ella dijo, —Mmm... Está deliciosa.

—Te amo, mi amor.

Se amaron casi toda la noche.

CAPÍTULO XXX

SEGUNDO DÍA DE LUNA DE MIEL

El primer día en Honolulu fue maravilloso. El día siguiente Alexander y Victoria se despertaron antes del amanecer con el sonido de las olas del mar y el sonido de las hojas de las palmeras que entraba por el balcón. Victoria tenía la cabeza sobre el pecho muy blanco de él. Alexander la miró con ternura y le dijo acariciándole su pelo:

—¡Me casé con la mujer más hermosa del mundo!

—Me parece un sueño que estamos casados, mi amor —ella sonrió.

El alba despuntó mientras ellos hacían el amor. Él la besó con ansias.

—Te quiero, mi amor —él le dijo besándola. —¿Cómo amaneciste?

—Feliz de ser tu mujer.

Alexander la miró a los ojos y la besó apretándola contra él. Ella sintió el latido de su corazón.

—¿Te gustan mis besos, mi esposa? —él le preguntó.

—Oh, mi amor. Soy la mujer más feliz cuando me besas. Un rato después, ellos se bañaron y luego fueron a desayunar nuevamente en la terraza del hotel frente al mar. La música típica de la isla que se escuchaba de fondo hacía el ambiente más romántico y agradable.

—¡Te ves hermosa, mi amor! —le dijo Alexander mirándola a sus ojos.

—Te quiero, mi amor.

Las palmeras muy altas se mecían con la brisa de la mañana mientras ellos se miraban muy felices.

Después del desayuno, ellos subieron a su habitación para colocarse trajes de baños y a buscar toallas y bronceador para luego ir a la Playa Waikiki. Él la besó mientras ella se colocaba un bikini rosado. Entonces, él se colocó un traje de baño celeste. Mientras ella colocaba las toallas y el bronceador en un bolso, Alexander la abrazó de atrás. Ella tornó su cabeza y él la besó.

—Te ves muy sexy en ese bikini, mi amor —Alexander le dijo con una sonrisa seductora.

—I love you, darling —ella le dijo en inglés.

Él le tocó sus labios con una caricia.

Ella se envolvió con una toalla alrededor de la cintura. Él la miró y le dijo besándola mientras le sacaba la toalla:

—Te quiero, mi amor.

Ella se dio cuenta que Alexander estaba excitado y ella también estaba llena de deseos. Después que se besaron y acariciaron por un rato, ellos bajaron de la mano a la playa Waikiki. En la playa, ellos colocaron sus toallas grandes sobre la arena y luego se sentaron. Cuando Victoria miró a Alexander con ternura, él la besó. Entonces, él le acarició su pelo y le rozó sus labios con los de él. Era una mañana calurosa. A veces, ella se preguntaba si las personas se darían cuenta que habían estado haciendo el amor.

—¡Eres muy bonita, mi amor! —Alexander le susurró.

—¡Te amo! —ella sonrió.

Entonces, él le tomó una mano a Victoria y le dijo:

—Nuestra luna de miel ha sido maravillosa, mi amor.

—Sí, cariño. La isla es preciosa.

—Ahora tenemos que seguir disfrutando nuestra luna de miel.

—Y hacer un bebé, mi amor.

—Sí, mi amor.

—Seguro que aremos un bebé, cariño.

Más tarde, ellos se colocaron bronceador. Victoria sonrió cuando Alexander comenzó a colocarle bronceador.

—Mi amor tienes las manos muy suaves —dijo Victoria.

—¡Me encanta escuchar eso! — le dijo Alexander con un beso.

Entonces, ella le colocó bronceador a Alexander. A Victoria le encantaba su piel suave y muy blanca. Antes que ella terminara de colocarle bronceador, él la abrazó. En segundos, ellos se metieron al mar y se tiraron agua el uno al otro. En medio de risotadas, Alexander tomó en sus brazos a Victoria y la besó con fuerzas.

—¿Me amas? —él le susurró en el oído.

—Te deseo, mi amor.

Él la miró fijamente a sus ojos y le preguntó, —¿Aquí mi amor?

— Sí, mi amor —ella sonrió.

Alexander la abrazó con fuerza contra él y la besó. Ella se dio cuenta que él estaba excitado, pues ella nunca le había dicho que lo deseaba. Enseguida, ellos comenzaron a nadar. Los dos se sentían muy felices. Cuando se salieron del agua y caminaban a sentarse, él le dijo:

—Me encanta tu manera sexy y graciosa de caminar.

Ella lo miró y sonrió. Él sonrió también y la detuvo para besarla.

Entonces, ellos se tendieron sobre sus toallas y tomaron el sol abrazados.

—¿Te gusta esta playa mi amor? —le preguntó Alexander.

—Sí mi amor, es maravillosa.

Entonces mientras ellos tomaban el sol tendidos en sus toallas, comenzó a lloviznar. Ese día hacía mucho calor, por eso, la llovizna los refrescó. Pero, de repente, comenzó a llover fuerte. La lluvia caía con estrépito. Ellos se pusieron de pie y corrieron al hotel con sus toallas. En el camino, él la abrazó con fuerzas y la besó mientras la lluvia caía en sus caras y se reían de felicidad.

—Los besos se sienten mejor con la lluvia repentina, mi amor —él le susurró sonriendo.

—Si, mi amor.

Mientras se besaban, la lluvia repentina paró y ellos vieron un inmenso arco iris. Ellos se estuvieron un rato más en la playa y contemplaron el arco iris.

—¡Qué bonito se ve el arco iris! —dijo Alexander.

—Magnifico.

—¿Cuántos colores tiene el arco iris, mi amor? —le preguntó Alexander.

—Siete, cariño.

Él sonrió y la estrechó entre sus brazos.

Entonces, ellos regresaron al hotel a la hora de almorzar. En su suite, ellos se bañaron y hicieron el amor en el jacuzzi.

Luego, ellos se vistieron y bajaron a almorzar en el restaurante del hotel al frente de la Playa Waikiki. Ellos se sentaron a una mesa al lado de un ventanal con vista al mar. Las mesas estaban casi todas ocupadas, pues era el hotel más lujoso en Waikiki. Ellos pidieron sopa de pollo, asado de vacuno con puré y ensalada de tomates, y vino tinto. Mientras llevaban el almuerzo, él le tomó la mano.

—¿En qué piensas, mi amor? —le preguntó él con su voz tierna.

—En ti mi amor.

Él sonrió y dijo:

—¿Se puede saber qué piensas de mi?

Ella lo miró sonriendo. Él también sonrió.

—Mi amor, dime que estabas pensando de mí —dijo él.

—Cuando me miraste la primera vez.

—Sentí el flechazo del amor en ese momento y me enamoré de ti como un loco.

Ella sonrió. Él le tomó una mano y se la besó.

—Sabía que tenía que encontrar un novio, pero hasta ese momento nadie me había interesado para eso —Victoria le dijo.

—Yo conocí a varias chicas en mi adolescencia, universidad, y trabajo, pero ninguna fue lo que yo esperaba cuando las conocí sin pretensiones después de un tiempo. Pero cuando te conocí, no me importaba ninguna otra mujer, sino tú solamente. Desde que te conocí, soñaba con estar cerca de ti y besarte.

Ella sonrió amorosamente. Él la miró a sus ojos y le dijo:

—¿Soy el hombre ideal para ti, mi amor?

—Sí, cariño. Te acepto como eres.

—Yo también, mi amor.

La brisa fresca entraba por la ventana abierta. En minutos, el camarero llegó con la comida y la puso al frente de cada uno. Enseguida, ellos comenzaron a comer. Ellos tenían hambre, por eso encontraron la comida muy buena.

—El vino tiene un gusto buenísimo —dijo Alexander.

—Sí, está muy bueno

Entonces, ellos conversaron de sus ideales y fantasías con héroes románticos literarios.

—Cuando estaba en la universidad me encantaba de leer romances clásicos en español, inglés, y francés en los cuales un barón galante montado a caballo tenía que socorrer a una princesa en distrés. Pero las princesas se enamoraban de los barones —Victoria dijo.

—A mi también me encantaba de leer romances clásicos pues mostraban la cortesía de los barones para seducir a las princesas.

—Me fascinaban esos romances clásicos a donde el héroe tenía que subir una torre altísima para rescatar a una princesa en peligro.

—Esos romances muestran la sicología de cómo ganarse el amor de una princesa.

—Sí, mi amor —dijo Alexander besándola.

Más tarde mientras comían y conversaban de su paseo a la playa, ellos rieron cuando recordaron su jugueteo en el agua del mar. A través de la ventana grande, se divisaban muchos turistas que caminaban por la playa.

—¿Quieres que vamos a dar un paseo por la calle Kalakaua? —él le preguntó a Victoria.

—Sí, mi amor.

Enseguida, ellos pagaron por la comida y luego salieron. En la Avenida Kalakaua había muchos hoteles con boutiques de lujo, restaurantes, y tiendas.

—¿Estás disfrutando nuestra luna de miel, mi amor? —él le preguntó.

—Sí, tú sabes que tú eres mi felicidad. Por eso, soy feliz en cualquier parte que estoy contigo.

Ellos se detuvieron frente a una tienda que vendía ropa típica de la isla. En las vitrinas se veían vestidos largos con diseños de la isla, poleras, pantalones cortos, y aguallanas. A Victoria le gustaron algunos vestidos.

—¡Entremos, mi amor! —Victoria dijo.

—Sí, cariño.

Entraron. Victoria se probó vestidos, poleras, pantalones cortos, y aguallanas mientras Alexander esperaba por ella sentado en un sofá.

—¿Cómo encuentras el vestido, mi amor? —Victoria le preguntó a Alexander cuando salió del probador con el vestido que más le gustaba.

—Te ves preciosa, mi amor —contestó Alexander con una sonrisa seductora.

Victoria sonrió y besó a Alexander, —Te quiero mi amor.

Entonces, ella se probó más vestidos y luego pagó por la ropa. Enseguida, salieron de la tienda. Ellos continuaron paseando. A veces, ellos se detenían y se besaban.

Cuando llegaron al hotel, ellos subieron a su suite y después bajaron a cenar. Durante la cena, ellos miraron el itinerario y se dieron cuenta que el día siguiente iban a tomar un crucero de lujo alrededor de la isla.

CAPÍTULO XXXI

CRUCERO EN ISLA PARADISÍACA

Al otro día antes del amanecer, Alexander y Victoria se despertaron muy contentos pensando en el crucero por dos días que iban a tomar ese día. Después que se amaron por un rato, ellos se levantaron y fueron a mirar por el balcón. Las estrellas brillaban mientras las olas blancas rompían a la orilla de la playa. Mientras ellos miraban para afuera, Alexander besaba a Victoria y le susurraba palabras amorosas. Un rato después, ellos se bañaron y luego se vistieron. Ella se puso un vestido floreado, ceñido, y abotonado de playa con escote rebajado adelante y atrás. Él se puso unos pantalones cortos verdes, una polera blanca, y sandalias. Mientras se colocaban los sombreros, él le besó los hombros blancos a Victoria y le dijo:

—¡Tus hombros son hermosos!

Ella sonrió. Alexander la besó y le acarició su cuerpo suavemente.

—¡Vamos, mi amor! —dijo Victoria sonriendo.

—No, todavía —dijo él besándola con ansia.

—Sí, mi amor vamos —dijo Victoria mientras él la seguía besando.

—Está bien, mi amor, vamos, pero antes dime que me amas.

Ella lo miró y lo abrazó con fuerza y le dijo, —¡Te amo, mi amor!

Enseguida, ellos tomaron sus bolsos con sus trajes de baños, toallas, bronceador, y ropa, y luego bajaron tomados de la mano al estacionamiento. El ascensor estaba desocupado, por eso, Alexander tomó a Victoria entre sus brazos y la besó.

—Te vez preciosa, mi amor —Alexander dijo mirándole el pelo suelto de Victoria sobre sus hombros.

Enseguida, el ascensor abrió y ellos salieron. En el lobby se veían muchos turistas. En minutos, ellos salieron afuera del edificio del hotel y esperaron por su vehículo que un trabajador del hotel fue a buscar. Entonces, ellos subieron al vehículo y salieron rumbo al Puerto de Aloha Tower en Honolulu para tomar su crucero. Esa mañana las calles estaban casi desiertas, pero algunos turistas caminaban en ambos lados.

Aún no eran las seis y media de la mañana cuando ellos llegaron al Puerto de Aloha Tower, adonde estaba el barco del crucero. Muchos turistas ya habían llegado para tomar el crucero. Ellos se abrieron paso entre muchos turistas para subir las escaleras del yate. Arriba del yate, ellos sonreían y se besaban muy felices. Entonces, ellos no hallaban las horas de comenzar su aventura por la isla. En minutos, ellos comenzaron su aventura.

Esa madrugada, de pie en la baranda del yate lujoso, Victoria y Alexander contemplaron la magia del mar y el cielo estrellado mientras se besaban y conversaban amorosamente.

Rato después, ellos contemplaron la salida del sol en el horizonte. De apoco, el sol comenzó a elevarse. Ellos se sacaron hartas fotos con el sol saliendo de fondo mientras escuchaban las olas a su alrededor. La brisa tibia estaba muy agradable. A bordo del yate, Alexander no se cansaba de adorar a Victoria besándola y diciéndole palabras amorosas.

Entonces, ellos se sentaron en sillas reclinables al lado de la piscina y recorrieron con su mirada el mar que se extendía hasta el horizonte.

—¡Eres encantadora, amor mío! —dijo Alexander.

—Tu también, mi amor.

Después que ellos conversaron por un rato, ellos se pararon y fueron a la baranda del barco otra vez. De pie reclinados en la baranda, ellos conversaban amorosamente. Entonces, él la tomó en sus brazos y la besó tiernamente.

—¿Me quieres más ahora, mi amor? —le preguntó Alexander.

—Claro que sí, cariño, ¿y tú?

—Muchísimo más, amor mío —él le dijo apretándola contra él mientras la besaba.

Victoria pensó que su matrimonio iba muy bien, pues era muy feliz con Alexander.

Entonces, ellos se dirigieron al restaurante del yate para desayunar. Ahí, ellos se sentaron a una mesa. Un camarero tomó su orden. Los dos pidieron bistec con huevos fritos, ensalada de lechuga, y arroz. También, ellos bebieron jugo de piña. Las mesas estaban cubiertas con manteles blancos y un candelabro con una vela. Cuando el yate se mecía con las olas, ellos reían.

—¿Te gusta el desayuno, mi amor? —Alexander le preguntó.

—Sí, está muy rico.

—¿Piensas que aremos un bebé durante nuestra luna de miel, mi amor? —le dijo Alexander.

—Sí, mi amor —ella dijo con ternura.

Ellos disfrutaron su desayuno mientras conversaban. El restaurante se sentía bullicioso con conversaciones, tintineo de platos, copas, y las olas del mar.

Después del desayuno, ellos se relajaron por un rato y luego se pusieron trajes de baños y fueron a la piscina. Muy felices, ellos se metieron al agua y disfrutaron nadando mientras se abrazaban y besaban.

Antes del almuerzo, ellos se salieron del agua y se tendieron en sillas reclinables. Luego, se cambiaron ropa y fueron a almorzar. Ese día, ellos almorzaron sopa de almejas, langostas con ensalada y puré. El vino blanco estaba muy bueno. Ellos disfrutaron el almuerzo conversando y riendo.

Al atardecer, ellos se pararon abrazados en la baranda del yate. La brisa estaba fresca mientras miraban la espuma de las olas sobre el agua azul alrededor del yate. De vez en cuando, ellos se besaban.

Entonces, ellos fueron a cenar en el restaurante romántico del yate. Cada mesa estaba cubierta con un mantel blanco y tenía un candelabro al medio. La cena de langosta con ensalada fresca de lechuga y postre de piña estaba muy buena. El vino blanco también.

—Mi amor este crucero es perfecto para los enamorados —dijo Victoria.

—Sí, mi amor —él la besó.

Durante la cena, ellos hablaron de lo bien que lo estaban pasando en el crucero.

Más tarde, ellos abandonaron el restaurante y fueron a la

discoteca del yate. Ahí, ellos se hicieron camino para entrar porque había mucha gente. Adentro, había mucho humo pues muchos estaban fumando. Las luces de artos colores rotaban alrededor mientras la música fuerte casi no los dejaba oír lo que se decían. Ellos se sentaron a una mesa cubierta con un mantel blanco.

—Pidamos algo para beber, mi amor —Alexander le susurró en el oído a Victoria.

—Sí, mi amor.

Un camarero se acercó a ellos. Los dos pidieron Coca-Cola con canapés. Cuando comenzó a tocar una canción romántica, Alexander miró a Victoria con una sonrisa seductora y con una reverencia tierna le dijo:

—¡Bailemos, mi amor!

Victoria lo miró y sonrió.

—Sí, cariño.

Alexander la tomó de la mano y caminaron sonriendo hacia la pista. Mientras bailaban, a los dos les parecía un sueño que estaban casados y disfrutando de su luna de miel.

A veces Alexander la apretaba contra él y ella sentía su aliento caliente. Ellos se miraban con deseos mientras las luces giraban en la oscuridad. A veces él la besaba.

—Cariño ¿Te gustaría que nos fuéramos a sentar y beber la Coca-Cola? —Alexander interrumpió el baile.

—Sí, mi amor.

Enseguida, ellos se abrieron camino entre muchas parejas que bailaban muy apretaditos y se dirigieron a su mesa al lado de un ventanal con vista al mar. Mientras caminaban, él puso su mano sobre su espalda. A veces, Alexander le hacía cosquilla en su cintura y Victoria sonreía. Cuando llegaron a su mesa, ellos se sentaron. Ellos tenían sed, por eso, se tomaron una copa de Coca-Cola.

—¡Soy muy feliz contigo, mi amor! —Alexander besó a Victoria.

Por un rato, ellos conversaron mientras escuchaban la música.

—Bailemos, mi amor —Alexander la invitó a bailar otra vez.

—Sí, cariño.

Alexander tomó de la mano a Victoria y se dirigieron a la pista otra vez y comenzaron a bailar una canción romántica. Ellos se comenzaron a mover lentamente al ritmo de la música. Él la abrazó de la cintura y la besó mientras bailaban. Él se sintió excitado cuando su parte íntima rozó la pélvica de Victoria. Él sintió un gran deseo de hacer el amor mientras ella sintió lo mismo. Mientras bailaban, él sentía entre sus manos su cintura fina.

—Amorcito, te quiero —él le susurró en el oído.

Ella se allegó más a él y lo dejó sin aliento de deseos.

—Te ves hermosa, mi amor —le susurró Alexander.

Ella sonrió con ternura.

Ellos disfrutaron la discoteque.

—¿Qué te parece si regresamos a la cabina, mi amor? —Alexander le susurró en el oído a Victoria.

Ella lo miró con ternura y asintió.

—Muy bien, cariño.

Después que ellos disfrutaron la discoteca, ellos regresaron a su suite. En su suite, Alexander ordenó una champaña. Ellos rieron cuando Alexander destapó la botella y el corcho saltó lejos. Enseguida, él llenó una copa con champaña para los dos y brindaron por su felicidad tocando las copas.

—Mi amor, te quiero tanto que soy el hombre más feliz de

estar contigo —Alexander le dijo a Victoria.

Entonces, ellos se tendieron en la cama. Cuando Victoria sintió hambre, Alexander ordenó fresas con chocolate y crema. Cuando el camarero llegó con las fresas, ellos ni lo escucharon porque se estaban besando apasionadamente. Un rato después, Alexander se acordó de las fresas y fue a la puerta. El camarero estaba ahí con las fresas. Alexander recibió las fresas y se las llevó a Victoria.

—Gracias, mi amor —dijo Victoria sacando una fresa.

Ellos volvieron a sentarse en la cama mientras Victoria comía fresas.

—¿Te gustan, mi amor? —le preguntó Alexander.

—Sí, mi amor. Están dulcecitas.

Después que Victoria comió varias fresas, ella colocó el platillo con las fresas sobre la mesa. Alexander la abrazó y besó.

—Mi amor, tu boca esta dulce como las fresas.

Ella sonrío y él la besó.

Momentos después, Alexander tomó una fresa con un tenedor y se la puso en la boca a Victoria.

—¿No me vas a dar un poquito, mi amor? —Alexander le preguntó.

Victoria sonrió y él le dijo acercándose a sus labios, —Cariño, dame un poquito de tu boca.

Alexander sintió los labios suaves de Victoria mientras comía fresa de su boca. Así, él le besó su cuello con ternura mientras le acariciaba la entrepierna sobre su bata de dormir de seda roja. Ella sintió cosquilla y soltó una risita que excitó a Alexander. En segundos, él le subió su bata y le besó sus pechos y luego más abajo. Entonces, cuando estaban a punto de hacer el amor, el yate dio un vaivén y ellos se rieron.

—¡Oh, Dios mío, mi amor el yate se hunde! —Victoria exclamó un poco asustada.

—¡No, mi amor! —dijo Alexander apretándola entre sus brazos.

Aquella noche, ellos se amaron casi toda la noche.

CAPÍTULO XXXII

GOZO EN CRUCERO PARADISIACO

El segundo día en su crucero de luna de miel por algunas islas de Hawai, Alexander y Victoria se despertaron con un vaivén del yate. Por la ventana, ellos vieron que el mar estaba cubierto de niebla. Cuando conversaron en como se habían amado antes de casarse, ellos se sintieron felices. Se acordaron que la primera vez que se conocieron, los dos no hallaban las horas de volverse a ver.

—Si no me hubieses reciprocado mi amor, me habría cortado las venas —dijo bromeando Alexander.

—Amorcito, no digas eso.

Siguieron conversando. Entonces se oyó un ruido alrededor del yate. Estaba lloviendo. Pero luego paró de llover y el sol comenzó a subir en el horizonte. Cuando el sol comenzó a entrar a su cabina a raudales, ellos se levantaron y se bañaron en el jacuzzi. Ellos colocaron pétalos de rosas en el agua.

Después que se bañaron y se vistieron, ellos se pararon

abrazados en el balcón de su cabina y contemplaron el mar. Alexander rozó sus labios con los de Victoria mientras ella sonreía. Entonces, la abrazó y besó con ternura.

Más tarde, ellos contemplaron las fotos que se habían sacado el día anterior.

—¡Te ves hermosa, mi amor! —Alexander le dijo a Victoria mirando una foto.

Ella sonrió. Él la miró y le dio un beso. Entonces, él le acarició su pelo mientras conversaban.

—¿Qué quieres hacer, mi amor? —le preguntó Alexander.

—Lo que tú quieras, mi amor.

—¡Qué amorosa, eres! Eres sólo mía por eso quiero lo que tú quieras, mi amor.

—Sí, amorcito.

—Te quiero y te amo, amor mío. Supe que serías tan sólo mía desde el primer momento que te vi —él la abrazó apretándola contra él y la besó.

Los dos tenían sus caras encendidas con deseos. Ellos hicieron el amor con ansias.

Después de haberse amado, ellos se relajaron conversando. Luego se bañaron. Esa mañana, ella se puso un pantalón corto de talla baja blanco, una polera rosada, y chalas rosadas. Él se veía guapísimo con pantalón corto celeste, una polera blanca, y zapatos deportivos. Mientras ella se alisaba su pelo rubio frente al espejo, él le besaba sus hombros diciéndole palabras amorosas. Cuando ella terminó de peinarse, él le dijo:

—¡Te ves preciosa, mi amor!

—¡Te quiero muchísimo!

Alexander inclinó su cara para besarla y ella lo abrazó. Él la besó con ansias. Unos minutos después, de pie al lado de la baranda de su suite, ellos contemplaron el mar azul.

—Amorcito, quiero que tengamos un bebé —dijo Alexander mientras la miraba a los ojos entre sus brazos.

—Amorcito, yo también.

—Estoy obsesionado que tengamos un bebé.

—Yo también, mi amor.

Ellos estaban llenos de amor y deseos el uno por el otro.

—Vamos a desayunar, mi amor —dijo Alexander.

—Sí, cariño.

Ellos fueron a desayunar en el comedor del yate. El comedor estaba lleno de turistas, conversaciones, risas, y tintineo de copas y de platos. La música isleña que sonaba de fondo era muy agradable.

—Mi amor eres muy bonita —dijo Alexander mirándola a sus ojos.

Ella sonrió. Él la estrechó contra él y la besó. Entonces, ellos se sentaron a una mesa y ordenaron desayuno.

Después que desayunaron, él le propuso a Victoria de ir a la piscina con vista al mar.

—Sí, mi amor —contestó Victoria.

Ellos caminaron ahí jugueteando mientras se susurraban palabras amorosas. En el agua tibia, ellos se besaron una y otra vez. A veces reían cuando Alexander la tomaba y la levantaba en sus brazos.

El día estaba caluroso. El cielo estaba azul y sin ninguna nube. Después de un rato, ellos se salieron del agua.

En la tarde, de pie al lado de la baranda del yate, ellos conversaron amorosamente mientras se abrazaban y besaban.

—Antes de enamorarme de ti, yo no veía razón para cazarme porque amaba salir con mis amigos. Y sobre todo amaba mi libertad. Además, me encantaba de ir al club de polo y viajar al extranjero – dijo Alexander.

—Yo también nunca me había enamorado hasta que te conocí. Me encantaban tus seducciones, aunque al principio yo fingía que no me había enamorado de ti a primera vista.

—Amorcito, ¿te acuerdas cuando casi chocamos cuando nos conocimos la primera vez?

—Sí, cariño.

—Ese fue el día más maravilloso para mi.

—¿Y ahora cariño?

—Soy el hombre más feliz —dijo besándola.

—Cariño, el amor es algo tan maravilloso que nos llena de felicidad, inspiración, y buena salud.

Alexander se emocionó cuando Victoria le dijo eso y le tomó las manos diciendo:

—Por eso soy el hombre más feliz porque me enamoré de ti.

Ella sonrió y él la besó.

—Soy la mujer más feliz de haberte conocido.

Ellos miraron felices las olas azules verdosas que rompían contra el yate en espuma blanca. Habían algunas nubes en el cielo azul.

—Le pido a Dios que siempre seamos tan felices —dijo Alexander.

—Sí, mi amor. Sobre todo cuando tengamos nuestros hijos.

Él estaba deseoso de tener un hijo, por eso, abrazó y besó a Victoria lleno con deseos.

Antes de oscurecerse, ellos se sacaron las gafas de sol y el yate regresó a Honolulu. Mientras el yate avanzaba hacia su destino, ellos se abrazaban y besaban en la baranda mientras la música seguía sonando.

—Tomemos tequila, mi amor —dijo Alexander amorosamente.

Ellos le pidieron a un camarero que les llevara tequila. En minutos, ellos estaban disfrutando la tequila.

—Está deliciosa, mi amor —dijo Alexander.

Ella lo miró sonriendo y dijo:

—Te quiero.

Él rozó sus labios con los de Victoria y luego la besó.

Ellos disfrutaron el crucero y regresaron al hotel para seguir disfrutando su luna de miel.

CAPÍTULO XXXIII

Centro Cultural Polinesio

Alexander y Victoria no tan sólo disfrutaron las hermosas playas con arena blanca, un crucero, y restaurantes exóticos, pues ellos también disfrutaron la fascinante cultura polinesia cuando fueron al Centro Cultural Polinesio un día de su luna de miel.

Ese día durante el trayecto al centro polinesio, ellos se deleitaron mirando los cerros cubiertos con pasto verde en ambos lados de la carretera mientras conversaban.

—¿Te das cuenta mi amor que los árboles y arbustos verdes junto a la carretera no están polvorientos? —dijo Alexander.

—Sí, y las hojas verdes brillan.

—A menudo llueve y sale el sol como en primavera y verano en Honolulu, por eso, las hojas de los árboles se mantienen limpias y brillantes.

—Claro, por eso, cualquier época es buena para visitar, Honolulu.

—Sí porque el clima es agradable todo el año.

—Y también las flores y árboles florecen en todas las épocas del año. No así como en casi todos los lugares del mundo a donde es muy helado en el invierno y las flores y árboles tan sólo florecen en la primavera y en el verano dan frutas.

—Honolulu es una isla tropical muy hermosa.

Hacia adelante, ellos pasaron por el frente de cerros con pasto que se veía como cuando habían cosechado el trigo en Chile.

—¿Piensas que hay codornices entre la maleza? —preguntó Victoria.

—Sí, mi amor.

La brisa fresca entraba por las ventanas del vehículo mientras la carretera subía y bajaba. Ellos no pensaban que el ambiente iba a ser tan húmedo.

Entonces cuando llegaron al Centro Cultural Polinesio, ellos se estacionaron. De inmediato, Alexander bajó y dio vuelta al vehículo y abrió la puerta para que Victoria bajara. Ella le tendió la mano y bajó feliz. Alexander la abrazó y besó.

—¡Vamos, mi amor! —Victoria le dijo.

—Sí, cariño.

Entonces, ellos caminaron tomados de la mano hacia la entrada del centro. A la entrada, una persona les puso un collar de conchas y ellos sonrieron muy felices y siguieron paseando de la mano al frente de diferentes restaurantes polinesios. Ellos se sintieron como si hubiesen estado en una isla encantada porque la música polinesia se escuchaba de los diferentes puestos polinesios. Ellos miraban con curiosidad a su alrededor.

Ellos desayunaron en un restaurante con comida típica de

la polinesia. A ellos les encantó la comida de mar que tenía sabor a paila marina. Durante el desayuno, ellos disfrutaron los bailes típicos de esa isla de la polinesia.

—¿Te gustaría que compráramos una casa en Honolulu, mi amor? —dijo Alexander.

—Sí, claro que si —dijo Victoria, sonriendo.

Él la miró y sonrió.

—Te quiero, mi amor —dijo ella.

Alexander la miró a los ojos y le dijo:

—Soy el hombre más feliz contigo, Victoria.

Entonces, ellos admiraron las paredes de caña y techo de hojas de palmeras. Los bailarines de hula bailaban al son de la música Hawaiana.

Después del desayuno, ellos siguieron paseando de la mano al frente de diversos restaurantes polinesios y puestos donde vendían artesanía y ropas de la polinesia. A veces, ellos se paraban al frente de algunos puestos y compraban cosas de artesanías para regalos. En el aire tibio a veces se percibía un olor a langostas asadas a la parrilla que en algunos restaurantes polinesios estaban cocinando.

Cuando Alexander y Victoria vieron a un grupo de mujeres haciendo collares de flores y hojas sentadas sobre el pasto en un puesto, ellos se sentaron al frente sobre el pasto y se entretuvieron mirándolas.

—¡Qué collares más bonitos! —dijo Victoria.

—Sí, mi amor.

—Se parecen a los collares que hacen en la Isla De Rapa Nui.

Ella le contó a él que había estudiado algo acerca de la cultura polinesia cuando estaba en el colegio.

—Nunca pensé que para mi luna de miel iba a venir aquí

—dijo Victoria.

Alexander la tomó de la mano y la besó. Entonces, él la tenía entre sus brazos mientras le acariciaba su cabello.

—¿Qué te parece si seguimos paseando, mi amor? —Alexander le dijo.

—Sí, mi amor.

Ellos se pusieron de pie y siguieron caminando. Anduvieron a lo largo de los puestos que tocaban música de las diferentes culturas polinesias. Ellos se detuvieron frente a un puesto donde un hombre tocaba un ukulele y otros bailaban hula con sus vestidos de hojas y sus collares de flores y hojas.

Alexander abrazó a Victoria por la cintura y ella comenzó a moverse al ritmo del baile Hula. El moviendo de Victoria lo excitó a Alexander sin ella darse cuenta.

—Te quiero —Alexander le susurró en el oído.

Ella sonrió feliz. Él le mordió su oreja amorosamente.

—Lo haces muy bien, mi amor —Alexander le dijo.

—Te quiero, Alexander.

Él le dio un besó.

Entonces, ellos siguieron paseando. Las palmeras se mecían con la brisa. Se veía mucha gente disfrutando del centro polinesio.

En la noche, ellos se deleitaron viendo un show con bailes de las diferentes islas polinesias por nativos de cada isla. Adentro del gran salón, ellos eligieron un asiento adelante y luego se sentaron en butacas reclinables. Ellos encontraron los asientos muy cómodos y agradables. Mientras contemplaban el show abrazados, ellos encontraron la danza con antorchas maravillosa, pues los hizo soñar como era la polinesia en el pasado. Durante el show, Alexander y Victoria se susurraban cosas en sus oídos pues la música casi no los dejaba oír lo que se decían.

—¡El show es espectacular! —susurró Alexander.

—Sí, hermoso.

Aquella noche, ellos regresaron al hotel muy contentos. En el hotel, él propuso de cenar en su suite.

—Sí, mi amor —dijo Victoria.

Así fue como ellos pidieron la cena en su suite con vista al mar. En el balcón había una mesa con un mantel marrón. Al medio de la mesa había un candelabro que hacía la cena más romántica. Ellos cenaron langostas con ensalada de lechuga, puré de papas, y postre de piña con crema. Ellos también bebieron vino blanco.

—¡Mi amor la cena esta deliciosa! —dijo Alexander.

—¡Riquísima!

Mientras comían y conversaban, ellos escuchaban música clásica de fondo y las olas del mar. La brisa estaba muy agradable.

—Te quiero tanto, mi amor —Alexander le dijo.

—Yo también, cariño.

—A lo mejor hicimos un bebé, mi amor.

—Sería la mujer más feliz.

—Quiero que tengamos artos hijos, mi amor.

—Yo deseo lo mismo, pues te amo muchísimo.

Esa noche después que cenaron, ellos se relajaron en su cama mientras se amaban. A la luz de una vela, Alexander besó a Victoria mientras la acariciaba. En segundos, los dos estaban excitados y llenos de deseos.

—¿Me amas, mi amor? —Alexander le preguntó.

—Claro que sí, mi amor.

Alexander la abrazó apretándola contra él hasta que los dos gemían de placer.

—Oh, Victoria, te quiero —dijo Alexander mientras sentía sus labios y su deseo.

Ella era la mujer más feliz cuando Alexander la amaba.

Después que se amaron, muy contentos, ellos decidieron de ir a pasear a la Playa Waikiki la mañana siguiente. Alexander y Victoria estaban disfrutando cada momento su luna de miel.

CAPÍTULO XXXIV

TIBURÓN ATACA A NOVIO

Al día siguiente, Alexander y Victoria se despertaron muy contentos cuando el sol comenzaba a salir. Alexander estrechó a Victoria entre sus brazos y mientras la besaba empezó a subirle su bata de dormir de ceda rosada. Luego, le sacó la bata. Mientras la besaba por todas partes con ansias, él le dijo:

—¡Te ves hermosa!

De apoco, él le abrió las piernas mientras la miraba con ternura y le dijo:

—Te quiero, mi amor.

Ella sonrió con deseos.

Los dos estaban desnudos y sudaban de pasión y deseo. En segundos, ella se estremeció con deseos mientras él la besaba.

Después que se amaron, ellos se levantaron. Esa mañana, ellos se pusieron pantalones cortos, poleras, y chalas. Él dispuso que se colocaran sus trajes de baños debajo de sus ropas. Victoria asintió y así lo hicieron. Antes de bajar a desayunar, ellos se pararon en el balcón y miraron para afuera abrazados. Alexander suspiró de felicidad después de haber besado a Victoria.

Esa mañana, Alexander le contó a Victoria que una vez había soñado con ella en la Cote d'azur. A ella le encantó ese sueño.

—Desde entonces, mi amor por ti aumentaba cada día —dijo Alexander.

—Yo también soñaba contigo, mi amor. Una vez soné que era tu esposa.

—¡Oh, te quiero, te amo, amor mío! —Alexander besó a Victoria.

Ella estaba feliz con Alexander. Entonces, ellos recordaron interminables momentos que se amaron antes de casarse.

Entonces, ellos bajaron a desayunar en la terraza del hotel. Ellos se sentaron a una mesa y pidieron omelet con bistec y jugo de naranja. Algunas personas estaban tomando café que era muy oloroso. La playa estaba muy bonita esa mañana. Las olas batían con fuerza y rompían contra la arena en espuma blanca.

Después que desayunaron, ellos tomaron sus bolsos y se fueron jugueteando a la playa. Ellos caminaron sin zapatos por el borde del agua. Victoria sonreía cuando a veces veía algunas jaibas que gateaban sobre la arena blanca. Luego, ellos se detuvieron y colocaron sus toallas sobre la arena. Enseguida, ellos se sacaron sus pantalones cortos y poleras y quedaron en sus trajes de baños. Antes de tenderse en sus toallas, él besó a Victoria. Entonces, se relajaron sobre sus toallas.

—Me encantan tus besos, mi amor —dijo Victoria.

Él la estrechó contra él y la besó.

Entonces, Alexander la miró a sus ojos y le dijo:

—Bésame.

Ella lo miró y le dio un besó.

—Eres muy tierna, mi amor.

Las palmeras se mecían alrededor mientras los pájaros cantaban en las ramas. El cielo estaba azul como el mar. Luego, Alexander y Victoria sintieron calor y empezaron a sudar. Ellos se colocaron bronceador y luego se metieron al agua. Muy contentos, ellos juguetearon tirándose agua mientras se besaban y abrazaban. Después, ellos empezaron a nadar. ¡Qué felices se sentían!

—Mi amor nos queda un día de nuestra luna de miel —dijo Alexander.

—Sí, cariño.

Alexander la besó.

Un rato después cuando ellos se salieron del agua, ellos vieron que muchas personas tomaban el sol y sus caras se veían coloradas como jaibas. El aire estaba lleno de olor a bronceador. Ellos se fueron a tender en sus toallas.

—Mi amor nuestra luna de miel ha sido perfecta —dijo Victoria.

Él la abrazó y besó tiernamente.

Como en media hora, él sintió calor y se metió al mar y ella se quedó sentada en su toalla mirando a Alexander. Ella sonreía mientras disfrutaba mirando como su esposo disfrutaba nadando. Cuando menos lo esperaban, el sol se escondió detrás de nubes y se nubló.

En eso estaba Victoria entretenida mirando a Alexander como nadaba a la orilla de la playa cuando, de repente, él gritó desesperado. Victoria pensó que estaba bromeando. Pero, cuando vio a un tiburón que emergió su cabeza y mostró sus largos dientes blancos que zamarreaba la ropa de Alexander, ella corrió desesperada a socorrer a Alexander mientras gritaba con desesperación, "¡Ay, Dios mío, socorro!" Muchas personas gritaron desesperadas mientras corrían para ayudar a Alexander. Los primeros auxilios lograron sacarlo del agua con algunos mordiscos del tiburón. Todos los nadadores se salieron corriendo del mar y fueron a mirar a Alexander. Alexander tan sólo sufrió unos mordiscos leves en una pierna y no tubo que ir al hospital pues los primeros auxilios le vendaron su pierna. Por un rato le dolieron los leves mordiscos, pero después le pasó el dolor. Alexander y Victoria regresaron a almorzar al hotel. Alexander se sentía un poco incomodo por la venda en su pierna, pero después de un rato se concentró en la conversación con Victoria que ni se acordó que tenía una venda en su pierna.

Todos estaban sorprendidos porque era muy raro de escuchar que un tiburón había atacado a alguien en la Playa Waikiki.

La mañana siguiente, ellos se despertaron con el canto de los pájaros que cantaban en el árbol de banyan y las palmeras. Alexander abrazó y besó a Victoria. Momentos después que se amaron, ellos se levantaron y luego se prepararon para regresar a Chile. Su vuelo era en la tarde. Por eso aún les quedaba más tiempo para disfrutar su luna de miel. Ellos dispusieron de ir a pasear de la mano por la Playa Waikiki. Mientras paseaban conversando, ellos escuchaban el sonido de las olas y el grito de los niños jugueteando a la orilla de la playa.

Ellos tuvieron una maravillosa y inolvidable luna de miel en Hawai por una semana.

CAPÍTULO XXXV

Novios Regresan de Su Viaje
De Luna De Miel

Después de haber disfrutado de una luna de miel paradisíaca en Hawai, Alexander y Victoria regresaron a Santiago para comenzar su vida de casados. De regreso, ellos conversaron que la luna de miel había estado mucho mejor que lo que ellos esperaban. Horas después, el avión hizo escala en Miami. Entonces el jet se fue directamente a Santiago de Chile.

Ellos llegaron a Chile en la mañana del día siguiente. En el aeropuerto, después que desfilaron muy contentos hacia fuera entre mucha gente, sus familias sonrieron muy felices cuando los vieron y se saludaron de beso y abrazo.

—¿Cómo lo pasaron? —preguntó la madre de Victoria.

—Muy bien. Disfrutamos de las hermosas playas —contestó Victoria sonriendo.

Entonces después que se saludaron de besos y abrazos,

ellos se dirigieron a la mansión de la familia de Victoria. Conversando muy felices, ellos atravesaron Santiago centro y Providencia y luego llegaron a la mansión. Los hermanos de Victoria que no habían ido a encontrarlos al aeropuerto y los empleados salieron alborozados a encontrarlos cuando vieron el Range Rover con los recién casados. Todos se saludaron de abrazos y besos.

De regreso en la mansión de la familia de los padres de Victoria, ellos se dirigieron al living conversando y riendo. Algunos trabajadores llevaban el equipaje al lado de ellos. La sonrisa de Alexander y Victoria lo decía todo que lo habían pasado muy bien. Ni se acordaron que un tiburón había mordido a Alexander.

Esa mañana después que conversaron por un rato, ellos se sentaron a desayunar alrededor de la mesa en el comedor principal. Victoria sonrió muy feliz cuando vio que una empleada entró al comedor con una panera llena de sopaipillas. A Victoria le encantaban las sopaipillas. Desayunaron muy felices. Alexander y Victoria conversaron de su luna de miel y sus hermanos y padres no se cansaban de escucharlos y hacerles preguntas. Victoria les contó que las playas en Hawai eran muy limpias y bonitas. Una de sus hermanas les preguntó si la cigüeña estaría en camino. Victoria le contestó que a lo mejor. Todos sonrieron felices pues no hallaban las horas de verlos con un bebé.

En la tarde, mientras almorzaban en la terraza al lado de la piscina, Alexander les dijo que un tiburón le había dado un mordisco en una pierna.

—¡Qué espanto! —dijo uno de los hermanos de Victoria.

—Fue tan sólo un mordisco y ni me duele —dijo Alexander.

Alexander y Victoria les contaron que había sido más el

susto, pues el mordisco había sido muy pequeño.

Después que comieron, el padre de Victoria como era doctor de medicina, le vio el mordisco a Alexander. Él le puso desinfectante y una venda.

Así, todos estaban muy felices por el regreso de los recién casados.

PARTE V

LA CIGUEÑA

CAPÍTULO XXXVI

LA CIGÜEÑA EN EL CAMINO

Después de una semana, Alexander y Victoria se fueron a vivir a la mansión de dos pisos que los padres de Victoria les regalaron. Los padres de Victoria eran muy ricos y tenían varias mansiones en Las Condes. Alexander y Victoria querían su independencia. La mansión con techo alto y piso de mármol se veía hermosa. En cada habitación había un chandalier que colgaba del techo. Esa mañana que Victoria y Alexander se fueron a vivir a su casa, ellos entraron por la gran puerta frontal y se dirigieron al living. Ahí, ellos se abrazaron y besaron felices cuando vieron que sus padres habían colocado fotografías de su boda sobre la mesa del living. Luego, ellos subieron las escaleras para ir a su dormitorio que estaba en el segundo piso. De pie en el balcón de su dormitorio con vista al jardín, ellos se besaron apasionadamente.

Entonces, muy felices, ellos comenzaron a decorar la mansión al gusto de los dos durante los días que tuvieron de vacaciones. Victoria puso algunos retratos de ella con Alexander en las paredes de su dormitorio. Ellos comenzaron sus trabajos después de unos días.

Semanas después, un día mientras Alexander y Victoria desayunaban en el comedor del primer piso, ella le dio la buena noticia a Alexander que la cigüeña estaba en camino. Alexander estaba feliz con la noticia que tendría su primer bebé. La noticia del bebé cambió sus vidas pues los hizo mucho más felices esperando el día que naciera. Ellos eran muy felices y se sintieron mucho más felices con la cigüeña en camino. Victoria tenía un mes de embarazo. Ella se tocó su vientre con mucho amor por el bebé que le crecía. Él se paró y la besó muy emocionado, pues él soñaba de tener un hijo con Victoria.

—¿Será un niño o niña, mi amor? —le preguntó Alexander.

—No se, mi amor.

—Por la forma como crece tu vientre sabremos eso, cariño.

—Sí, mi amor —ella dijo tocándose su vientre y él le besó su vientre a donde crecía su hijo.

Un rato después, ellos fueron a la terraza de la piscina. Antes que se sentaran, Alexander la abrazó y besó con ansias.

—Mi amor, ya siento nuestro bebé entre nosotros —él le susurró en el oído a Victoria.

—Mi amor quiero que sea igual a ti.

Él la miró a los ojos y la estrechó entre sus brazos y la besó.

—Soy la mujer más feliz de sentir nuestro bebé en mi vientre.

Los dos pensaron que su hijo sería muy blanco o blanca y rubio o rubia. Ellos no hallaban las horas que naciera. Pensaron que llevarían a su bebé a pasear a Europa, pues los dos iban con sus padres a Europa.

Ella estaba embarazada y sentía deseos de comer muchas

comidas que la hicieron engordar un poco. Ella comía un poco más y sentía ansias de comer cosas como sandia a la media noche. Alexander tenía que levantarse a buscarle sandia, pues quería hacerle el gusto en todo.

Ellos a menudo se preguntaban cómo iba a ser su hijo.

Un día mientras almorzaban en un restaurante, él le preguntó a Victoria.

—¿Será un bebé inquieto o tranquilo?

—Yo era inquieta —Victoria sonrió.

—Yo también era inquieto, por eso, será inquieto o inquieta.

Ella sonrió. Él también sonrió y la besó con ternura.

Los dos estaban muy emocionados y felices por el bebé en camino.

Así pasaron los meses. Alexander y Victoria le comenzaron a comprar ropa a su bebé. Un día fueron a Almacenes Paris para comprarle ropita, una cuna, y un coche. Mientras le compraban sus ropitas, ellos se veían colocándole la ropa a su bebé.

—Nuestro bebé se acostará entre los dos por un rato y luego lo colocaremos en la cuna. La cuna estará al lado de nuestra cama. Entonces cuando nuestro hijo crezca, él o ella dormirá en su propio dormitorio —dijo Alexander.

—Sí, amorcito.

—Y le compraremos el coche más bonito.

Él la abrazó y besó.

—¿Me quieres, amorcito? —ella le preguntó.

—Soy todo tuyo.

Ellos no tan sólo le compraban ropas, sino que también le compraron artos juguetes a su bebé.

Cuando Victoria tenía casi ocho meses, Alexander insistía

que su bebé sería una niñita mientras ella insistía que iba a ser un niñito. Ellos pensaron que si su bebé era hombre le iban a colocar George y si era mujer le iban a llamar Victoria. Así, Alexander y Victoria eran más felices cada día que su hijo crecía en el vientre de ella.

CAPÍTULO XXXVII

NACE FRUTO DEL AMOR

Así pasaron los meses y llegó el día que el bebé de Alexander y Victoria tenía que nacer.

Ese día en la sala de partos en una de las clínicas más prestigiosas en Santiago de Chile, ella se tocaba su vientre muy emocionada mientras esperaba de tener a su hijo. Alexander estaba ahí.

—Todo saldrá bien y tendremos el bebé más hermoso del mundo —Alexander abrazó y besó a Victoria.

—Sí, mi amor.

Más tarde, Alexander salió de la sala de parto y esperó para que su hijo naciera.

Mientras Alexander esperaba el nacimiento de su hijo sentado en un sillón, de repente, el matrón salió y le dijo:

—Muchas felicidades, es padre de un hermoso barón.

Alexander sonrió muy feliz y corrió a conocer a su hijo.

—¡Nació nuestro hijo! —dijo Victoria muy feliz con su

bebé en sus brazos.

—Te quiero, amor mío —dijo Alexander abrazando a Victoria y a su hijo.

—George, hijo. Eres precioso —Victoria besó a su hijo. Ella tuvo al bebé naturalmente. Después de dos días, ella regresó a su casa muy feliz.

De regreso en su mansión, ellos subieron la ancha escalera y entraron. En el living, Victoria se sentó en un sillón con su hijo en sus brazos y lo colocó sobre su pecho. George tenía el pelo rubio, ojos azules, y su piel muy blanca y rosada. Mientras George mamaba, ella lo miraba con sus ojos llenos de felicidad. Alexander los miraba muy feliz mientras Victoria le acariciaba la cabecita y espaldita a su hijo. En la cuna de George habían juguetes que ellos le habían comprado. Ellos habían pensado como criar y educar a su hijo. Por eso, ellos habían decidido que su hijo dormiría en su cuna al lado de ellos por un tiempo, pero después dormiría en su propio dormitorio. Entonces, ellos fueron al dormitorio de George. El dormitorio se veía hermoso. Al lado de la ventana estaba la cuna de George con frazadas celestes. Había hartos juguetes que ellos le habían comprado y otros que sus familiares y amigos les habían regalado. Las paredes blancas tenían retratos de la familia y pinturas infantiles. Del techo colgaba una lámpara de cristal para niños. La gran ventana habría a un balcón con vista al jardín.

—Nuestro hijo es muy hermoso y se parece mucho a ti mi amor —sonrió Alexander.

—Sí, es muy bonito.

Esa mañana sus familiares fueron a conocer al bebé. Todos estaban felices de verlo y no se cansaban de besarlo, acariciarlo, y tomarlo en sus brazos.

Así pasaron los días muy felices. Ella se sentía un poco gorda y por eso comenzó a cambiar su habito de comida. A veces cuando Victoria no comía lo que quería, ella se disgustaba. Pero de apoco fue cambiando la comida. Ella comía más frutas y verduras. Su propósito era de mantenerse delgada como era antes de embarazarse. Alexander la apoyaba, por eso, a veces los dos preparaban la comida, a pesar, que tenían empleadas que les cocinaban.

Victoria tomó algunos meses de maternidad para ocuparse de su bebé. A ella le encantaba de tomar a su bebé en sus brazos mientras el bebé le tocaba su cara con mucho amor.

Los meses pasaron rápido y George aprendió a gatear y a balbucear. George era muy inquieto y le gustaba de gatear riendo por todas partes en la casa. A veces, Alexander y Victoria recostaban a George entre ellos, pero su hijo en segundos comenzaba a gatear sobre ellos.

Entonces, le comenzaron a salir los dientecitos a George y llegó el primer cumpleaño y el segundo cumpleaño de George. Ellos le celebraron su tercer cumpleao los primeros días en diciembre. Ese día en la mañana, Victoria se puso un vestido blanco, chalas blancas, y un sombrero de cumpleaño con el nombre de su hijo. Victoria bañó a su hijo y luego lo vistió con su mejor ropa que ella le había regalado. Entonces, Alexander le tomó una foto a su hijo al lado de Victoria mientras él no hallaba las horas de que llegaran sus primos y comenzar a celebrar su cumpleaño.

—Te ves guapísimo, hijo —dijo Alexander sonriendo cuando vio a su hijo en un terno y corbata.

—Cariño dile a tu papá, "¡Me veo guapísimo como tu papá!" —Victoria dijo bromeando.

Alexander sonrió. Entonces, Victoria tomó de la mano a

su hijo y salió del dormitorio entre risas hacia la terraza de la piscina adonde iban a celebrar su cumpleaño.

Ellos habían decorado la terraza con globos y juguetes. Mientras los invitados comenzaban a llegar y le daban sus regalos a George, él reía contentísimo mientras recibía sus regalos. El aire estaba lleno de asado de vacuno, pues las empleadas estaban cocinando en un horno afuera.

Después de conversaciones, jugueteos, y risas, ellos se sentaron alrededor de mesas adonde había una torta con velitas en el medio. Enseguida, los invitados le cantaron, "Feliz Cumpleaño," y le dieron un abrazo a George deseándole muchas felicidades. George apagó una velita pidiendo un deseo y todos comenzaron a comer su rebanada de torta con jugo.

—¡Qué feliz me siento de ver a nuestro hijo tan feliz, mi amor! —Victoria le dijo a Alexander.

—Yo también, cariño.

Cuando George miró a Victoria, ella fue a su lado y le dijo:

—¿Te gusta la torta, hijo?

—Sí, mamá. Está muy buena —dijo George sonriendo y los demás sonrieron también, pues estaban felices comiendo torta.

Victoria besó la cara pegajosa de su hijo y le dijo, —Te quiero, cariño.

—Te quiero también —George la abrazó.

George se sentía feliz cuando Victoria le daba un beso.

Después que Alexander y Victoria celebraron el cumpleaño de su hijo, Victoria tomó a su hijo en sus brazos y le dijo, —¡Oh, mi niño hermoso!

George sonrió y abrazó a Victoria con fuerzas y le dijo, —mamá, te adoro.

—Hijo, te adoro, cariño —Victoria le dijo abrazándolo.

Entonces, Victoria y Alexander colocaron a su hijo en la cama y luego fueron al balcón del living.

Ellos se pararon en el balcón abrazados mientras contemplaban el cielo estrellado. Esa noche, la brisa fresca estaba muy agradable.

—¿Qué te parecería si le diéramos una hermanita a nuestro hijo? —dijo Alexander.

—Sí, mi amor. Me encantaría.

—Te quiero, mi amor —dijo Alexander levantando a Victoria en sus brazos y la llevó a su dormitorio.

Ellos se amaron y luego se quedaron dormidos abrazados.

Al día siguiente, ellos se despertaron temprano. Durante el desayuno, ellos conversaron de la preparación del árbol de pascua. Su hijo no hallaba las horas de comenzar a decorar el árbol de pascua.

Una semana después, Alexander, Victoria, y su hijo fueron al campo a buscar una rama natural de pino para decorar dos árboles de Navidad. Cuando regresaron del campo, ellos decidieron de poner un árbol de Navidad en el living del primer piso y otro en el segundo piso. Un trabajador llevó las cajas con las decoraciones y las abrió. George comenzó a sacar los adornos de las cajas y los comenzó a colgar en las ramas del árbol. George sonreía mientras colgaba los adornos de muchos colores en el árbol de pascua.

—Cariño, yo pienso que la navidad es una excelente oportunidad para fortalecer el vínculo familiar, pero también para que los niños de temprana edad aprendan a descubrir colores y formas —dijo Victoria.

—Sí, claro. Es una oportunidad para disfrutar con sus hijos y estimular el desarrollo intelectual, emocional, y social de ellos —dijo Alexander

—Por su puesto, pues los niños pueden aprender a contar bolas y juguetes en un ambiente feliz y a expresar sus emociones —dijo Victoria.

Los dos pensaron que los niños podían aprender mucho mientras ayudaban a decorar el árbol de pascua en familia. La madre de Victoria era una psicóloga para niños, por eso, Victoria sabía mucho acerca del aprendizaje de los niños.

De fondo se escuchaba música navideña. Mientras decoraban el árbol de pascua en el primer piso, George reía y saltaba muy feliz. Entonces, él corría para uno y otro lado mientras Alexander y Victoria envolvían el árbol de pascua con luces de todos colores y luego encendieron las luces. En un rato, el árbol de pascua estaba decorado.

¡El árbol de pascua está muy bonito! —dijo Victoria.

—Sí, magnifico —dijo Alexander.

De pie junto al árbol de pascua, Alexander abrazó y besó a Victoria mientras George corría contento alrededor del árbol.

—¿Tienes hambre, cariño? —Victoria le preguntó a su hijo.

—Sí, mamá.

Victoria le dijo a una empleada que les sirviera pan de pascua y jugo de manzana.

—¿Te gusta, hijo? —le preguntó Victoria.

—Sí, está muy rico.

El aire estaba lleno a olor al pino navideño natural mientras decoraban el árbol de Navidad en familia.

Pasaron la Navidad más maravillosa en familia.

CAPÍTULO XXXVIII

BUENA EDUCACIÓN
DEL FRUTO DEL AMOR

Así el bebé estaba creciendo con mucho amor. Ese mismo verano, Victoria y Alexander contrataron a un tutor, Gerard Dubois, para que le enseñara inglés y francés a su hijo.

El día que llegó el tutor, George no hallaba las horas de comenzar a aprender inglés y francés. Victoria le había enseñado cosas básicas en inglés y francés a su hijo. Ese día, el mayordomo recibió al tutor y lo guió hasta el living del primer piso adonde estaba Alexander y Victoria sentados en un sofá blanco. Después que se saludaron de mano, Alexander invitó al tutor que se sentara en un sofá. Alexander y Victoria le dijeron que su hijo andaba jugando en la terraza de la piscina. Entonces, ellos le dijeron lo que esperaban de él y cuanto sería su sueldo. Luego, Victoria propuso de ir a la terraza para presentarle su hijo al tutor. Enseguida, ellos salieron y caminaron hacia donde George estaba jugando.

—¿Qué método usa para enseñarle idiomas a los niños? —le preguntó Victoria al tutor mientras caminaban.

—El método natural como los niños aprenden su primer idioma. Por ejemplo, los niños aprenden su primer idioma jugando, cantando, usando el idioma espontáneamente, y escuchándolo.

—Sí, el juego es muy importante para el aprendizaje de los niños —dijo Victoria.

—Por su puesto, así los niños disfrutan mientras aprenden —dijo el tutor.

Cuando iban llegando a la terraza, Victoria llamó a su hijo:

—¡Hijo, ven a saludar al señor Gerard Dubois, tu profesor de inglés y francés!

George miró hacia ellos frunciendo el entrecejo.

—Sí, mamá —dijo George corriendo hacia ellos.

—Mr. Dubois, mi hijo, George —dijo Victoria.

—Encantado de conocerte George, ¿cómo estás? —dijo el tutor cuando saludó a George con un beso en la mejilla.

—Muy bien, gracias, y ¿usted? —contestó George.

—Contento de estar aquí —dijo el tutor.

Después que conversaron por un rato, Victoria y Alexander le mostraron al tutor la sala de estudio de George. La sala de estudio era muy acogedora y clásica. En el centro había una mesa y cuatro sillas a su alrededor. Estantes con libros habían en dos paredes. En otra pared había un retrato grande de Alexander, Victoria, y su hijo al medio. El piso de mármol brillaba.

El día siguiente en la mañana, George comenzó sus clases de inglés. El tutor colocó un video con niños cantando y bailando al ritmo de una canción en inglés. De pie al frente del televisor que mostraba el video, George comenzó a cantar en inglés imitando a los niños en el video. Muy contento, George cantaba volviéndose hacia Victoria quien lo miraba de pie junto a la ventana. Ese día el tutor vestía un uniforme oscuro, camisa blanca, corbata azul, y zapatos al tono.

A veces mientras George cantaba, el tutor también cantaba. Victoria se dio cuenta que el tutor le cayó bien a George, pues el tutor tenía buen humor y no era enojón.

—¡Muy bien, hijo! —Victoria felicitó y encorajó a su hijo para que siguiera cantando en inglés.

George cantaba con mucho entusiasmo. Victoria estaba disfrutando del aprendizaje de inglés de su hijo. Un rato después, ella dispuso de ir a pasear por el jardín. George sonrió muy contento y salieron de la sala de estudio y fueron al jardín. George se sentía muy contento, pues era su primer día aprendiendo inglés. Afuera, el sol brillaba por todas partes mientras Victoria caminaba al lado del tutor. George corría al frente de ellos cantando algunas de las canciones en inglés que había aprendido viendo el video. De camino, Victoria sonreía al ver a su hijo tan feliz.

En el jardín, de pie junto a un rosal, el tutor y Victoria conversaron animados acerca del aprendizaje de inglés de George mientras él saltaba cantando alrededor de ellos.

—Es increíble como los niños aprenden escuchando a otros niños —dijo Victoria.

—Sí. Por eso yo pienso que la manera natural es la mejor manera para enseñarles idiomas a los niños, pues así, ellos disfrutan aprendiendo el idioma.

—Claro que sí.

El aire estaba lleno de aromas a las rosas mientras el canto de los pájaros y el zumbido de las abejas se escuchaba alrededor.

El segundo día fue igual. George se sentía fascinado apren-diendo inglés. Así pasaron los días, mientras George aprendía inglés y francés muy contento.

CAPÍTULO XXXIX

DISFRUTAR DEL APRENDIZAJE DEL FRUTO DEL AMOR

Una mañana ese mismo verano cuando Victoria tenía el día libre en su trabajo, ella se paró en el balcón del living del segundo piso. El sol brillaba por todas partes. Después de un rato, mientras ella recorría con su mirada el jardín, de repente escuchó que su hijo cantaba una canción en inglés. Ella lo miró muy feliz y luego fue allí. En el jardín, ella se acercó a su hijo mientras él saltaba feliz cantando, "Seven Happy Rabbits In My Garden." George no hallaba las horas de decirle a Victoria que estaba aprendiendo otra canción en inglés.

—¡Cariño, cantas muy bien! —Victoria le dijo a su hijo abrazándolo.

—¡I love you, mom! —George le dijo tiernamente en inglés.

—¡I love you too, honey! —Victoria le respondió.

Entonces, George volvió a saltar cantando alrededor de la fuente con agua mientras Victoria y el tutor lo miraban. El tutor y Victoria conversaron de pie por un rato, pero luego se sentaron sobre el césped bajo la sombra de un cerezo. Enseguida, George corrió al lado de ellos y se sentó al lado de Victoria y al frente del tutor. Era un día maravilloso, se oían los pájaros cantar entre los árboles mientras las abejas zumbaban entre las flores.

—A mi hijo le encanta de aprender inglés y francés —dijo Victoria.

—Sí, mucho —dijo el tutor.

A la hora del almuerzo, ellos regresaron a la casa para almorzar. Después del almuerzo, George tomó una clase de francés mientras Victoria leía una novela al lado de la piscina. Victoria se sentía feliz cuando escuchaba a su hijo cantar en francés. A veces, ella se decía que su hijo sería mucho más feliz con un hermanito. Ella tenía artos hermanos, por eso, quería tener más hijos. Su madre era psicóloga y le había enseñado arto acerca del desarrollo cognitivo, emocional, y social de los niños.

Rato después, el tutor y George salieron de la sala de estudio.

—¡Mamá, vamos a pasear al jardín! —George llamó a su madre.

Victoria lo miró sonriendo.

—Sí, cariño —dijo Victoria poniéndose de pie.

—Mamá, quiero andar en mi triciclo —dijo George.

—Sí, está bien, cariño —Victoria le dijo.

George corrió a buscar su triciclo mientras Victoria y el tutor lo esperaban.

—¡Vamos! —gritó George muy contento pedaleando al

lado de ellos.

Victoria sonrió y se pusieron a caminar hacia el jardín.

Victoria y el tutor caminaron detrás de George que corría en su triciclo.

En el jardín, George corrió en su triciclo alrededor de la fuente con agua. Entonces, él se apeó del triciclo para cantar en francés. Mariposas revoleteaban alrededor de las flores mientras él cantaba saltando alrededor de la fuente con agua, "Bonjour, Bonjour, Bonjour a toi..."

—¡Très bien, mon enfant! —Victoria le dijo a su hijo en francés.

—Merci, mamá —George le respondió.

Enseguida, Victoria le dio un jugo de manzana y George se lo tomó todo. Entonces, George volvió a subirse a su triciclo y comenzó a pedalear alrededor de la fuente con agua.

Ellos estuvieron allí toda la tarde.

Antes de oscurecerse, ellos regresaron a la casa. Mientras caminaban, ellos conversaban muy contentos.

—¿Quieres pan con miel y mermelada, cariño? —Victoria le dijo a su hijo.

—Sí, mamá.

Esa tarde de vuelta en la casa, Victoria se bañó con su hijo. Mientras se bañaban, Alexander llegó y los saludó de beso y abrazo a los dos. Después fueron a cenar en la terraza al lado de la piscina.

Después que cenaron, Victoria y Alexander colocaron a su hijo en la cama. Luego, ellos fueron al balcón de su dormitorio. Ahí, Alexander abrazó y besó a Victoria con deseos mientras miraban el cielo estrellado. Entonces, él comenzó a desbotonarle el vestido a Victoria mientras le besaba sus hombros. En segundos, los dos estaban llenos de deseos el uno por el otro.

Él acabó de quitarle su vestido rosado.

—¡Eres hermosa, amor mío! —Alexander le susurró en el oído mientras la besaba.

—Te amo.

—Amorcito, lo que más quiero ahora es que tengamos otro bebé.

—Sí, mi amor. Yo también le pido a la cigüeña que nos de artos hijos.

—Quiero que nuestra mansión se llene con nuestros hijos, mi amor.

—Seré la mujer más feliz cuando este embarazada de ti otra vez, mi amor.

Alexander la besó una y otra vez.

Ellos se sentían muy felices amándose. Aquella noche se amaron y se quedaron dormidos abrazados.

Al día siguiente, Alexander y Victoria se despertaron al amanecer. Esa madrugada estaba nublada, pero luego se despejó. Después hacía calor mientras ellos desayunaban en la terraza al lado de la piscina.

Ellos miraban la tremenda mansión. El tutor se sentía de maravilla trabajando como tutor. Mientras desayunaban, Alexander dispuso de ir al centro de Santiago. Esa mañana de verano estaba maravillosa cuando ellos salieron rumbo al centro de Santiago.

El trayecto de la casa al centro de Santiago fue muy feliz. Victoria y Alexander disfrutaron escuchando a su hijo cantar en inglés y francés.

Cuando llegaron a su destino, ellos se estacionaron y luego caminaron al Paseo Ahumada. En el Paseo Ahumada, las acacias mecían su follaje verde con flores mientras Victoria y Alexander caminaban de la mano y George corría a su lado.

—El paseo se ve muy bonito —comentó Victoria sonriendo.

—Sí, es hermoso —dijo Alexander.

Alexander se sentía feliz cuando veía feliz a Victoria. Él se decía que las mejillas de Victoria se le veían más bonitas cuando sonreía. Esa mañana, Victoria andaba con un vestido rosado, chalas blancas, y un sombrero rosado. Alexander vestía un pantalón corto verde, una polera blanca, y zapatos al tono. Su hijo también andaba con pantalones cortos, polera rosada, y zapatos al tono.

Cuando iban caminando en lo mejor, Victoria dijo apuntando un diario afuera de un puesto:

—Habrá toque de queda a las diez de la noche, hoy día.

—Sí, cariño —dijo Alexander.

Ellos leyeron la cubierta del diario y de algunas revistas y luego siguieron caminando.

A esa hora, mucha gente caminaba en el paseo. Algunas personas caminaban con sus hijos a sus lados, parejas caminaban tomados de la mano, y soldados en uniforme verde hacían guardia con sus fusiles en sus espaldas, niños callejeros jugaban afuera de un puesto de diarios y chocolates.

Desde el Paseo Ahumada, ellos caminaron hasta el Paseo Huérfanos. El paseo estaba repleto de gente como el otro paseo. En el paseo había mucho entusiasmo. Muchas personas se paraban para disfrutar de las canciones que algunos cantantes cantaban acompañados de sus instrumentos musicales. Otras personas se paraban a mirar ropas que vendedores callejeros mostraban al aire libre.

Mientras caminaban en el paseo, un limpia zapatos le dijo a George:

—¿Le limpio sus zapatos, señor?

George miró al limpia zapatos. El limpia zapatos quien era joven, alto, blanco, y usaba una boina gris y un lápiz detrás de una de sus orejas, le dijo otra vez:

—¿Le limpio los zapatos, señor?

George se miró los zapatos y se dio cuenta que estaban embarrados.

—¿Mamá me limpio los zapatos? —George le preguntó a Victoria.

—Sí, cariño.

Enseguida, George fue al limpia zapatos y se sentó en una silla y apoyó el pie derecho sobre un lustrín. El limpia zapatos comenzó a limpiarle los zapatos arrodillado al frente de George. Después que el limpia botas le sacó el barro a un zapato, George puso su otro zapato para que le sacara el barro. Entonces, el limpia zapatos comenzó a sacarle brillo a los zapatos.

—¡Qué bonitos zapatos! —dijo el limpia zapatos.

—Gracias —dijo George.

—Mire como brillan sus zapatos —dijo el limpia zapatos.

George sonrió y le dijo:

—¡Mamá mira, mis zapatos se ven como nuevos!

—¡Sí, cariño. Se ven muy bonitos!

Muy entusiasmado, el limpia zapatos siguió sacándole brillo a los zapatos.

—Se ven como nuevos —dijo el limpia zapatos.

Entonces, el limpia zapatos terminó de limpiarle los zapatos a George. Victoria le pagó.

—Muchas gracias, señora —dijo el limpia zapatos.

Alexander, Victoria, y George siguieron caminando en el paseo. El limpia zapatos se tocó su boina y se quedó mirándolos pensando como le habría gustado de haber sido tan rico como se veía George. A menudo, George se miraba sus zapatos.

—Te quiero, mi amor —Alexander le dijo a Victoria mientras caminaban de la mano.

Más adelante, ellos pasaron por el frente de artos restaurantes que mostraban comidas, postres, y helados en sus vitrinas. Ellos se detuvieron al frente de uno.

—Entremos para tomarnos un jugo —dijo Alexander.

—Sí, tengo sed —dijo George.

Victoria sonrió y entraron. Enseguida, se sentaron a una mesa al lado de un ventanal con vista al paseo. Ellos tomaron el menú y ordenaron un jugo para cada uno.

—Quiero un jugo de manzana y un helado de duraznos —dijo George.

—Yo tomaré un jugo de manzana también —dijo Alexander.

—Para mi un jugo de manzana también y un helado de frutilla —dijo Victoria.

—El helado de frutilla es muy bueno, mi amor —Alexander le dijo a Victoria.

—¿Por qué no te sirves un helado, cariño? —Victoria le preguntó a Alexander.

Alexander sonrió y dijo:

—Porque quiero que compartamos tu helado, mi amor.

Ella sonrió y él la miró con ternura.

Mientras llevaban los jugos y los helados, ellos conversaban felices. Entonces, el camarero llegó con los jugos y los helados en una bandeja y los puso al frente de cada uno y los dejó disfrutando.

—El jugo esta buenísimo —dijo Victoria.

—Sí, buenísimo —dijo Alexander.

Muy contento, George le colocó jugo a su helado y lo encontró muy rico. A través de la ventana se veían muchas personas que caminaban por el paseo. Ese día había mucha gente en el restaurante. Se escuchaba el tintineo de platos, copas, y el murmuro de conversaciones. Música instrumental sonaba de fondo.

Entonces, ellos se pusieron de pie, salieron del restaurante, y luego continuaron paseando. Mientras caminaban, Victoria pensaba que era muy feliz con Alexander y su hijo.

Entonces, ellos regresaron a la mansión.

CAPÍTULO XL

FRUTO DEL AMOR
APRENDE A JUGAR TENIS

Ese verano Alexander, Victoria, su hijo, y el tutor lo pasaron muy bien. Entonces, los días se colocaron más frescos y los árboles comenzaron a cambiar de color. Un día sábado en la mañana, ellos se levantaron temprano para jugar tenis. Aunque había niebla y hacía un poco de frío esa mañana, George estaba contentísimo porque Victoria le iba a enseñar a jugar tenis. Esa mañana, Victoria y Alexander se colocaron un suéter de cachemira, pantalones, y botas largas. A Alexander le encantaba cuando Victoria se colocaba un suéter de cachemira blanco, pues era muy suave. Ella también vistió a George con un suéter blanco, pantalones verdes, y botas verdes. El tutor tenía el hábito de caminar en el jardín con George y sus padres para repasar lo que el niño había estudiado durante la semana, pero ese fin de semana, el tutor había salido para hacer algunas diligencias.

Esa mañana mientras desayunaban en el comedor del primer piso, George no hallaba las horas de ir a la cancha de tenis.

Después que desayunaron, ellos se dirigieron a la cancha de tenis. Mientras Alexander y Victoria caminaban de la mano, George corría y saltaba fascinado al frente de ellos. Los pájaros gorgojeaban y cantaban entre los árboles. Cuando caminaron por el lado del jardín, ellos se dieron cuenta que las flores y las hojas de los árboles estaban húmedas por el rocío. George saltaba de contento cuando llegaron a la cancha de tenis. Hacía fresco. A los árboles alrededor de la cancha se les caían las hojas y flotaban sobre la cancha de tenis.

Victoria le dio un beso a George antes de comenzar a enseñarle a jugar tenis. Entonces, ella y George tomaron una raqueta y una pelota y Victoria le comenzó a enseñar a su hijo como tomar la raqueta y tirar la pelota. Alexander se sentó en un escaño y aplaudía cuando George tiraba bien la pelota.

—¡Va ganando, George! —Alexander decía aplaudiendo.

—Sí —decía Victoria sonriendo para encorajar a su hijo.

Así se entretuvieron.

—Descansen un rato —dijo Alexander parándose y caminando hacia ellos.

Victoria y George se dejaron de jugar. George se veía muy amoroso en su tenida de jugar tenis.

—¡Hijo, lo hiciste muy bien! —le dijo Alexander a George.

George sonrió muy contento.

Entonces, Alexander abrazó y besó a Victoria.

—¡Como disfrutaría nuestro hijo si tuviera un hermanito! —dijo Alexander.

—Muchísimo, mi amor.

Después que Victoria y George se relajaron por un rato y se tomaron un jugo, ellos volvieron a practicar como jugar tenis. Victoria y Alexander querían que a su hijo le gustara de jugar tenis. De repente, el sol brilló y el cielo se despejó. Esa tarde después que Victoria le enseñó a su hijo a jugar tenis, ellos regresaron felices a la casa para almorzar. Las mejillas de George se le notaban coloradas.

Ese día, ellos almorzaron muy contentos. Cuando terminaron de almorzar, George dispuso de ir a la cancha de tenis otra vez y Alexander y Victoria asintieron. Después que se relajaron por un rato, ellos regresaron a la cancha de tenis y enseguida comenzaron a practicar como jugar tenis.

Antes de oscurecerse, ellos regresaron a la casa. En el comedor del segundo piso, ellos cenaron. Mientras ellos cenaban sopa de pollo, ellos conversaban muy entusiasmados acerca del aprendizaje de jugar tenis de George. Después de la cena, Victoria puso a su hijo en la cama y luego regresó al living del segundo piso. Ahí, ella se sentó al lado de Alexander en un sillón. Él la comenzó a besar.

—¡Vamos a la cama, mi amor! —Alexander le sugirió a Victoria.

Ella sonrió. Jugueteando, ellos se fueron a su dormitorio. Ahí, ellos se cayeron a la cama besándose. A él le excitaba de besarla y acariciarla.

—¿Me quieres, mi amor? —él le preguntó mientras la acariciaba.

—Hummm... , te amo —ella le dijo llena de deseos.

A Alexander le encantaba cuando Victoria soltaba una risita llena de deseos. Ellos se amaron con mucha pasión esa noche.

La mañana siguiente, ellos se despertaron con el ruido de

la lluvia. Después que se amaron, ellos se levantaron y fueron a mirar por el balcón. De pie ahí, ellos recorrieron el jardín con su mirada. Afuera, la lluvia caía con estrépito. Sus pijamas se mojaron.

—Me encanta de ver llover cuando estoy en tus brazos, mi amor —dijo Victoria.

Él la abrazó apretándola contra él y la besó. Entonces, su hijo los escuchó y se levantó. Enseguida, ellos se bañaron, se vistieron, y luego bajaron a desayunar. A Victoria le encantaba de bañar a su hijo. Esa mañana desayunaron muy contentos.

En la tarde, paró de llover y George dispuso de ir a caminar por la quinta de frutas que en esa época estaba cubierta con hojas. En la quinta, George corría gritando de contento sobre las hojas. Todavía se divisaban algunas manzanas en algunos árboles. Cuando comenzó a lloviznar, ellos regresaron a la casa. Conversando muy contentos, ellos regresaron a la casa bajo la lluvia.

A veces cuando llovía, Victoria o Alexander le leían libros a su hijo. A George le encantaba cuando ellos le leían cuentos infantiles en la biblioteca que estaba en el segundo piso.

Un día en la mañana, Victoria, Alexander, y su hijo se sentaron en un sillón en el balcón de la biblioteca. Victoria comenzó a leerle un libro a George mientras él la escuchaba atentamente. A veces George le hacía preguntas a Victoria y ella se las respondía feliz.

George extrañaba los paseos al jardín después que tomaba sus lecciones de inglés y francés.

Ese invierno, Victoria también decidió de enseñarle a tocar el piano a su hijo. Por eso, casi todos los fines de semana, ella se sentaba a enseñarle a tocar el piano a George. Una mañana, Victoria se sentó al lado de su hijo frente al piano. Enseguida, ella le introdujo el teclado. Cuando ella tocaba las teclas, él imitaba lo que ella hacía.

George aprendía rápido como tocar el piano. Después de varias clases, Victoria le comenzó a enseñar una canción infantil a su hijo. A George le encantó la canción y muy entusiasmado comenzó a tocar la canción en el piano mientras cantaba.

—¡Qué bien tocas el piano, mi regalón! —Victoria le dijo abrazándolo.

George sonrió feliz y siguió tocando el piano.

CAPÍTULO XLI

SHOPPING CON EL FRUTO DEL AMOR

Así los días se colocaron más lluviosos y helados. A veces paraba de llover, pero había niebla. A George le encantaba de correr bajo la lluvia. Un día ese invierno, mientras desayunaban en el comedor principal, Victoria sorprendió a Alexander cuando le sugirió que fueran a esquiar el próximo fin de semana. Por suerte, eso le pareció muy bien a Alexander.

—¿Hijo te gustaría de ir a esquiar con mamá y papá el próximo fin de semana? —Alexander le dijo a George.

—Sí —dijo George muy feliz que hasta Victoria y Alexander sonrieron.

Victoria abrazó a su hijo y le dijo:

—¡Te adoro mi regalón!

—Después del desayuno, podríamos ir al Shopping Almacenes Paris para comprarnos ropa para esquiar —dijo Alexander.

—Sí, por su puesto —dijo Victoria.

Victoria pensaba que tenía que hacer algo para darle un hermanito o hermanita a su hijo, por eso, reflexionó que un viaje a la nieve podría ser bueno para eso y para unirse más con Alexander como pareja.

Después que conversaron por un rato, Victoria dijo:

—Ahora nos vamos al shopping a comprarnos ropa para esquiar.

Enseguida, ellos se pusieron abrigos y fueron al centro para comprarse ropa para ir a esquiar el fin de semana siguiente. Victoria caminó a su vehículo con su hijo de la mano a un lado y Alexander al otro. Afuera, esa mañana había niebla y hacía frío.

—¡Qué fastidio que este tan nublado! —dijo Victoria.

Alexander muy contento acercó su cara a Victoria y la besó mientras George reía feliz al lado de ellos.

Era la primera vez que Victoria y Alexander le iban a comprar ropa para esquiar a su hijo, por eso, ellos estaban muy contentos. En minutos, los tres subieron al Range Rover y se dirigieron al shopping.

Luego comenzó a llover. Muy contentos conversando, ellos avanzaban bajo la lluvia hacia el centro. Ellos cruzaron Las Condes y luego la Avenida Providencia para llegar a Almacenes Paris.

Antes de llegar al shopping, paró de llover. Los negocios tenían sus puertas abiertas. Mucha gente caminaba en las calles.

Cuando llegaron ahí, Alexander estacionó el Range Rover en la curva de la vereda, se bajaron, y caminaron hacia el shopping. Enseguida, ellos se abrieron paso entre la gente y entraron. Adentro había aire acondicionado. Ellos se pararon frente a unos buzos de esquí para mujeres. Ella eligió varios y se los probó.

—¿Les gusta? —Victoria le preguntó a su hijo y a Alexander.

—Te queda hermoso —dijo Alexander.

—Mamá, te ves muy bonita —dijo George.

Ella abrazó y besó a su hijo. Entonces, Victoria eligió más buzos y enseguida se pusieron a buscar ropa para George y Alexander. Ellos se veían disfrutando el centro invernal mientras elegían y se probaban ropa.

Ellos se probaron harta ropa de esquí. Victoria era muy regodeona para comprarse ropa y su hijo era igual. Alexander no era tan regodeón.

Después que encontraron ropa de esquiar a su gusto, ellos la compraron y salieron a la calle hacia su vehículo.

Afuera, la lluvia caía con estrépito. Ellos corrieron hasta el vehículo. George estaba feliz mientras la lluvia lo mojaba. En minutos, ellos llegaron al Range Rover y se subieron.

—Nuestro hijo disfrutará aprender a esquiar —dijo Victoria.

—Sí —dijo Alexander.

George rió contentísimo, pues no hallaba las horas que llegará el fin de semana.

De regreso en la mansión, ellos se cambiaron ropa. Luego, ellos abrieron los paquetes con las ropas en el dormitorio de Alexander y Victoria. Victoria se probó la ropa de esquí.

—¡Te ves muy hermosa, mi amor! —dijo Alexander.

—Gracias, cariño.

Entonces, George se probó su ropa de esquí.

—Te ves muy bonito, hijo —Victoria besó a su hijo.

George corría para uno y otro lado muy contento. Él no hallaba las horas de ir al centro de esquí para aprender a esquiar. Así, ellos se comenzaron a preparar para su viaje a esquiar.

Esa tarde mientras cenaban en el comedor principal, ellos conversaron felices.

—¿Habrá mucha gente en el centro de esquí el fin de semana siguiente? —les preguntó Alexander.

CAPÍTULO XLII

IR A ESQUIAR CON EL FRUTO DEL AMOR

El fin de semana siguiente, Alexander, Victoria, y George se levantaron temprano y antes de desayunar, ellos se fueron a esquiar a Portillo que estaba como a una hora de Santiago. Portillo era un centro invernal de esquí muy conocido a nivel mundial. Era un día frío de julio mientras ellos avanzaban hacia Portillo. Ellos no se dieron cuenta como pasó el tiempo hasta que comenzaron a subir el barranco que serpenteaba al centro invernal. Ellos se deleitaron mirando a su alrededor. Se notaba la altura desde el barranco y se veía nieve por todas partes.

Hacia delante, se divisaban esquiadores esquiando en los copos de los cerros cubiertos con nieve.

—¡Maravilloso, Maravilloso! —murmuró Alexander.

—Sí, muy bonito —dijo Victoria.

Cuando ellos llegaron al centro de esquí, trabajadores del Hotel Portillo los fueron a encontrar y los ayudaron a bajar y luego caminaron con los bolsos al lado de ellos. Adentro, ellos se registraron y luego fueron a su suite.

Después que miraron a su alrededor y acomodaron sus cosas, ellos fueron a desayunar al comedor del hotel. Las mesas redondas estaban cubiertas con manteles blancos y candelabros de plata que hacían juego con los servicios. La chimenea a un lado del comedor hacía verse el ambiente como una mansión de campo. Ellos se sentaron a una mesa al lado de un ventanal grande con vista a La Laguna Del Inca. La laguna congelada se veía hermosa. Afuera hacía mucho frío, pero adentro estaba temperado. Esa mañana, ellos desayunaron bistec con huevos, ensalada de tomates, y café. Ellos le colocaron mantequilla a panes chicos que estaban adentro de una panera al centro de la mesa.

—Es un día hermoso para que nuestro hijo aprenda a esquiar —dijo Victoria.

—Sí, muy bueno —dijo Alexander.

—¿Estás listo hijo para tomar tus clases de esquí? —le preguntó Victoria a su hijo.

—Sí, mamá.

—Muy bien hijo —le dijo Alexander a su hijo. Cuando nuestro hijo aprenda a esquiar podríamos ir a Europa.

—Sería magnifico. Además, los centros de esquí allá son mucho más baratos —dijo Victoria.

—Es verdad. Aquí el deporte de esquí es muy caro comparado con los centros de esquí en Europa. Por eso, ni los chilenos pueden disfrutar la nieve en invierno —dijo Alexander.

—Por eso este deporte es más para las personas ricas

—respondió Victoria.

Después que desayunaron, ellos se relajaron un poco y luego fueron a sus suites y se pusieron su ropa de esquí. Rato después, ellos subieron a la cancha de esquí para niños para que George tomara sus clases de esquiar. Ellos se veían muy bien con sus buzos de esquí, gorros, guantes, y gafas. Era la primera vez que George iba a tomar sus clases de esquí, por eso, él estaba muy entusiasmado.

Victoria y Alexander disfrutaron mirando como su hijo se entretenía aprendiendo a esquiar. Ellos le sacaron hartas fotografías. Más tarde, mientras George seguía aprendiendo a esquiar, Alexander y Victoria tomaron el andarivel y fueron a esquiar a la cumbre. El centro invernal tenía canchas de esquí para todos los niveles.

En la tarde, Alexander y Victoria le sacaron fotografías a George mientras él aprendía a esquiar y luego paseaba en moto de nieve al lado de otros niños. Victoria y Alexander se dieron cuenta que su hijo estaba aprendiendo a esquiar muy rápido. Ellos estaban disfrutando de la nieve en familia.

Antes de oscurecerse, de regreso en el hotel, ellos se bañaron, se vistieron, y luego fueron a cenar en el comedor del hotel. Esa noche, ellos pidieron paila marina, vino blanco para Alexander y Victoria, y jugo para George. De postre, ellos comieron duraznos con crema. Mientras comían, ellos disfrutaron conversando de su experiencia esquiando. La música clásica que sonaba de fondo era agradable.

Después que cenaron, Victoria y Alexander colocaron a su hijo en su cama en una suite al lado de ellos. George no se dormía conversándoles de su experiencia aprendiendo a esquiar. Cuando George se quedó dormido, Alexander y Victoria se fueron a su suite. En su habitación, él la abrazó y besó mientras le susurraba palabras amorosas en su oído. De pie al lado del ventanal grande, ellos recorrían con su mirada La Laguna Del Inca. La laguna brillaba con la luz de la luna.

Cuando escucharon un ruido, Alexander dijo:

—A lo mejor es el fantasma de la princesa encantada que hace ruido mientras vaga por la laguna.

—¿Qué dices, mi amor?

—Hay una leyenda que cuenta que a veces en luna llena, una princesa vaga por La Laguna Del Inca mientras el amado se lamenta recordándola.

—¡Qué romántico!

Alexander abrazó y besó a Victoria y luego siguieron conversando.

—Amorcito, ¿Cuándo le daremos un hermanito o hermanita a nuestro hijo? —Alexander le susurró a Victoria.

—¡Pronto, mi amor!

—Amorcito, quiero lo que tu quieras —Alexander le dijo

—Yo también, mi amor.

Él la abrazó y la besó apretándola contra él. Mientras él la besaba, él le iba sacándole la ropa y cuando Victoria quedó desnuda, la miró con ternura.

—¡Eres muy hermosa, mi amor! —Alexander le susurró en el oído.

Entonces, él se sacó su suéter y quedó en pantalón y camisa.

Esa noche, ellos no encendieron la luz porque encendieron una vela. A media luz, ellos hicieron el amor pensando en hacer otro fruto del amor.

Alexander y Victoria se sentían muy felices cuando pensaban y se imaginaban a su hijo con un hermanito o hermanita. Así, ellos se quedaron dormidos abrazados.

CAPÍTULO XLIII

SEGUNDO DÍA EN PORTILLO

Amanecía ya la mañana siguiente cuando ellos se despertaron con el ruido de risotadas de esquiadores que caminaban por el lado de La Laguna del Inca.

—¡Buenos días amorcito! ¿Cómo amaneciste? —Alexander besó a Victoria.

—Muy feliz de tenerte a mi lado. Y ¿tú amorcito? —le preguntó Victoria.

—Con deseos de amarte más y más —él le dijo besándola.

Ellos rieron y se amaron por un rato. Luego, ellos se levantaron y miraron para afuera a través de la ventana. La niebla cubría La Laguna Del Inca y los cerros con nieve. Rato después, se despejó. Su hijo fue a su dormitorio. Por un rato regalonearon con su hijo. Entonces, ellos salieron de su suite y fueron a desayunar. Ellos atravesaron el pasillo y llegaron al comedor. Se percibía olor a queque y cebollas fritas en el restaurante. Ellos se sentaron a una mesa para desayunar.

Muchos turistas estaban desayunando en el restaurante. Se escuchaba el tintineo de los platos y copas y el murmullo de conversaciones. Después que ordenaron comida, ellos conversaron entusiasmados.

—La vista es hermosa —dijo Alexander.

—Sí, impresionante —dijo Victoria.

Luego, el camarero llegó con la comida y la colocó al frente de cada uno. George tomó leche con chocolate y pan con mermelada de mora. Alexander y Victoria comieron bistec con puré de papas y ensalada de tomates y jugo de cerezas. Enseguida, ellos comenzaron a comer. Ellos encontraron el desayuno muy bueno.

Después que desayunaron, ellos volvieron a su suite para colocarse ropa de esquí. Entonces, Alexander y Victoria acompañaron a su hijo para que tomara sus clases de esquí.

—A nuestro hijo le gusta de esquiar igual que a nosotros, mi amor —dijo Victoria.

—Sí, cariño.

Alexander y Victoria disfrutaron viendo a su hijo aprender a esquiar.

A la hora del almuerzo, George no quería regresar al hotel para almorzar. Victoria tubo que convencerlo que regresarían a esquiar después del almuerzo. Así fue como fueron a almorzar. Ese día, ellos almorzaron casuela de vacuno, empanadas, y postre de frambuesa. Alexander y Victoria pidieron vino tinto y para su hijo jugo de duraznos.

Después del almuerzo, ellos volvieron a la cancha de esquí. George tomó sus clases de esquí mientras Alexander y Victoria fueron a esquiar a la cumbre de la montaña.

En la noche después que cenaron, Victoria y Alexander se entretuvieron conversando sobre su romance.

—Me acuerdo que al principio cuando te conocí, pensé que tú eras la única mujer para mi. A veces, pensaba que tú eras mi amor imposible. Aunque, yo sabía que eras la mujer ideal para mi —dijo Alexander mirándola a los ojos.

—Yo también, mi amorcito, pensaba que tú eras el único hombre para mí. A veces, me preguntaba como irían a ser nuestros hijos —dijo Victoria con ternura.

Él la abrazó y besó. Por un rato, él le acarició su pelo rubio mientras conversaban.

—Me acuerdo que para atraerte tuve que leer un libro de cómo atraer a una mujer a una relación amorosa duradera —dijo Alexander.

—¿Piensas que te costó para conquistarme? —le preguntó Victoria.

—Sí, un poco, mi amor —le contestó Alexander acariciándole su pelo.

—El libro que leíste fue buenísimo, pues te guió para que nuestra relación amorosa se transformara en una relación exitosa conmigo.

—Te quiero, mi amor —le dijo Alexander besándola.

—Sabes mi amor, que antes de conocerte, yo pensaba y fantaseaba con el amor perfecto. Pero cuando te conocí, me di cuenta que el amor no era perfecto y a medida que nos íbamos conociendo no me importaba si no eras perfecto como visualizaba el amor en mis fantasías.

—Mi amor, te quiero. Yo te comencé a amar incondicionalmente desde el momento que te conocí —le susurró Alexander mientras la besaba.

—Yo también. Aunque, a veces fingía todo lo contrario.

Alexander la besó entre sus brazos.

—¿Te acuerdas mi amor cuando me secuestraron y no los

vimos casi por un año? —dijo Victoria.

—Sí, amor mío y fue el tiempo que mi vida no tenía significado sin ti.

—En prisión, a veces pensaba en escribir un romance acerca de una pareja de enamorados que nunca más se vieron y nunca consumaron su amor.

Los ojos se le llenaron de lágrimas a Alexander cuando abrazó a Victoria.

—Habría sido una tragedia como la de Shakespeare, *Romeo y Julieta* —dijo Alexander acariciándole su pelo.

—Sí, mi amor, pero gracias a Dios, nuestra historia de amor tubo un final feliz.

—Habría sido una historia de amor muy enganchadora porque todos habrían estado esperando un final trágico, pero para sus sorpresas habría sido feliz.

—Tienes razón mi amor que cuando uno espera que algo va a suceder de cierta manera y después se confirma la expectación, no es tan interesante como cuando la expectativa no es como lo que uno esperaba.

—Mi amor ¿de verdad querías escribir una historia de amor acerca de nuestro romance?

—Sí, y quería que todas las personas alrededor del mundo la recordaran y que los estudiantes de literatura la leyeran.

—De un punto de vista literario, psicológico, y político habría sido muy interesante.

—Gracias, mi amor.

—¿Cómo estabas pensando de comenzar tu historia de amor?

—Con tú y yo felices hasta que un día me secuestraron y nunca más supe más de ti.

—¡Qué interesante!

—Y ¿cómo iba a terminar?

—Que el enamorado no pudo esperar más por su novia y se murió de mal de amor y tristeza muy delgado. Entonces, cuando la heroína fue liberada de prisión pensando en encontrarse con su amor, él no estaba… EL GRAN AMOR DE ALEXANDER Y VICTORIA.

—Interesantísima —sonrió Alexander.

Ella sonrió y él la estrechó entre sus brazos y la besó.

—Amorcito, ¿pensabas adaptar nuestra historia de amor a una pieza de teatro como lo hizo Shakespeare?

—Sí, para que llegara a todas las personas alrededor del mundo.

Ellos se estuvieron ahí todo el fin de semana y luego regresaron a Santiago.

De camino a Santiago, ellos conversaban muy animadamente.

—¿Hijo, te gustó aprender a esquiar? —Alexander le preguntó a su hijo.

—Sí papá, me encantó.

—¿Podríamos volver al centro de esquí otro fin de semana? —dijo Victoria.

—Sí, mi amor —dijo Alexander.

George se colocó muy contento, pues él no tan sólo tomó sus primeras clases de esquí, sino que también hizo artos amigos.

Alexander y Victoria pensaron que el viaje a la nieve los había unido más como pareja. A los dos les gustaba de esquiar y la nieve, por eso, ellos disfrutaron su aventura en el centro de esquí.

Así lo pasaron muy bien ese invierno.

Semanas después, ellos volvieron al centro invernal y lo

pasaron muy bien.

CAPÍTULO XLIV

VICTORIA Y ALEXANDER DISFRUTAN EL INVIERNO CON SU HIJO

Una mañana ese invierno, Alexander y Victoria se despertaron con el ruido de la lluvia. Ellos se amaron por un rato con el ruido de la lluvia que entraba por el balcón. Entonces, el sol comenzó a alzar en la cordillera de los andes que estaba cubierta con nieve. Ellos se levantaron y desayunaron con su hijo en el comedor del primer piso. Ese fin de semana, el tutor había tenido el día libre.

Después del desayunó, George propuso de tocar el piano.

—Sí, hijo —dijo Victoria con una sonrisa.

Ellos fueron al living a donde estaba el piano. George se sentó al piano.

—¡Listo! —dijo George.

—Sí, hijo —le dijo Alexander y Victoria asintió.

George se puso a tocar la canción de Navidad "Jingle Bells" en el piano.

—¡Qué bien! —exclamó Victoria.

—¡Maravilloso! —comentó Alexander.

George los miró sonriendo feliz.

Alexander y Victoria se divirtieron escuchando a su hijo. Después que George tocó el piano por un rato, ellos fueron a mirar por el balcón. Afuera estaba lloviendo y el agua corría entre los árboles sin hojas. Todo se veía mojado. Como una hora después paró de llover, pero había niebla.

Rato después cuando se despejó y salió el sol, ellos salieron y fueron a la terraza de la piscina. Ese día los tres andaban con parcas, pantalones adentro de las botas largas, y un gorro porque hacia frío. Algunas hojas flotaban en la piscina.

Cuando George les dijo que echaba de menos los paseos en el jardín, Victoria y Alexander decidieron de ir ahí.

—Hay barro en el camino —dijo Alexander.

—Sí, por eso caminen con cuidado —dijo Victoria.

Ellos siguieron el camino al jardín. Los árboles a veces gotereaban agua. En el jardín, George se puso a correr alrededor de la fuente con agua mientras Victoria y Alexander lo miraban abrazados. La madre de Victoria era una sicóloga para niños, por eso, le había enseñado a Victoria que los niños tenían que ser estimulados cognitivamente, emocionalmente, y socialmente a una temprana edad porque esas primeras esquemas o estructuras de conocimientos eran la base para todo el aprendizaje futuro. Cada día George aprendía más y unía más a Victoria y Alexander como pareja.

En la fuente flotaban hojas de los árboles. Las zarzas alrededor del jardín aun tenían algunas moras. Alexander y Victoria caminaron hacia la zarza y sacaron moras.

—¡Está dulcecita! —dijo Victoria probando una.

—Sí, mi amor —dijo Alexandro comiendo otra.

George corrió a su lado y comenzó a comer moras.

Un poco más tarde, Alexander y Victoria caminaron de la mano alrededor del jardín mientras George saltaba a su lado. Sus botas se embarraron mientras caminaban por el camino embarrado, pero se sentían felices.

A la hora del almuerzo, ellos regresaron a la casa. Ese día, ellos almorzaron casuela de vacuno, empanadas, ensalada de lechuga y postre de frambuesas. Alexander y Victoria bebieron vino tinto y George jugo de manzana.

En la tarde después que almorzaron, George dispuso de tocar el piano otra vez y Victoria y Alexander asintieron.

En la mansión entera se escuchaba las canciones que George tocaba en el piano.

—Cuanto me gustaría de tener otro hijo —Alexander le susurró a Victoria mientras escuchaban a su hijo.

—A mi también, mi amor —contestó Victoria.

El pensamiento de tener otro hijo los llenaba de felicidad, pues ellos pensaban que su felicidad estaba incompleta sin un hermanito para su hijo.

—¿Te imaginas el impacto que causaría en la familia si tuviéramos otro hijo? —suspiró Alexander mientras abrazaba a Victoria.

—Estarían felices, mi amor —contestó Victoria mientras él le acariciaba su cabello rubio sobre sus hombros.

—Otro hijo nos llenaría con más felicidad —dijo Alexander.

—A lo mejor la cigüeña está en camino —bromeó Victoria.

—¿Qué dices amorcito? —le preguntó Alexander.

—Estoy deseosa que tengamos un hermanito para nuestro

hijo —contestó Victoria.

—Yo también —Alexander la besó.

Ellos fantasearon como sería si tuvieran otro hijo mientras disfrutaban la música que su hijo tocaba.

A George le encantaba de tocar el piano, sobre todo los días lluviosos. George se entretenía con sus padres tocando el piano.

Victoria y Alexander estaban felices porque a George le gustaba de tocar el piano. Sin George, la mansión se sentía silenciosa, pero George llenaba la mansión con música y felicidad, sobre todo los días lluviosos.

En la tarde, cuando ellos miraron por el balcón, ellos rieron contentos cuando vieron un arco iris al frente de ellos.

—Mi amor, el arco iris es anuncio de buena suerte —dijo Victoria.

—¿Crees en eso, mi amor? —Alexander le preguntó.

Ella sonrió. Él la abrazó, besó, y le dijo:

—Ojalá sea un anuncio para que tengamos un hermanito para nuestro hijo —dijo Alexander.

—Sí, mi amor —contestó Victoria.

Para Victoria, Alexander seguía siendo el hombre más atractivo y amoroso y para él Victoria era la única mujer quien lo llenaba con felicidad. La mirada profunda de Alexander, hacía sentir a Victoria que ella era la única mujer para él. La pasión, el deseo, y el interés de satisfacer sus necesidades y deseos el uno por el otro hacían crecer su romance cada día. La energía y entusiasmo de compartir sus vidas los llenaba de felicidad. Los dos se respetaban y se trataban con mucho amor que fortalecía y hacía crecer su amor.

CAPÍTULO XLV

FRUTO DEL AMOR DURADERO
CRECE EN ÉXTASIS

Entonces pasó el tiempo lluvioso y llegó la primavera y luego el verano. Victoria, Alexander, y su hijo eran muy felices y cada día se amaban más. Un día, Victoria sintió nausea y para su sorpresa ella se dio cuenta que estaba embarazada. Ella decidió de no decirle a nadie por un tiempo, pero un día darle la sorpresa a Alexander. Así fue como otra mañana al comienzo de ese verano, Victoria y Alexander se levantaron temprano y se dirigieron de la mano a la terraza al lado de la piscina para desayunar. Era una mañana hermosa. Mientras ellos caminaban de la mano, su hijo corría al frente de ellos. La brisa tibia estaba muy agradable. El sol brillaba por todas partes. El cielo azul no tenía ninguna nube. El aire estaba lleno de suaves aromas a duraznos, manzanas, y cerezos que venía de la quinta. Entonces, de pie en la terraza de la piscina,

Alexander abrazó a Victoria por detrás mientras le susurraba palabras amorosas en el oído.

—¡Mi amor, te amo! —le susurró Alexander a Victoria.

—Yo también, cariño —le contestó Victoria.

—¿Cuando le vamos a dar un hermanito a nuestro hijo, mi amor? —le preguntó Alexander.

—Pronto, amorcito.

Alexander la abrazó y besó apretándola entre sus brazos.

—¡Oh, mi amor, te amo! —le susurró Alexander.

—Bésame —ella le dijo.

—Sí, mi amor —le dijo Alexander mientras la besaba.

Se escuchaba el zumbido de las abejas en las ciruelas de un ciruelo alrededor de la piscina mientras ellos disfrutaban la mañana. Victoria se veía muy bonita con un vestido celeste y chalas blancas. Alexander se había colocado un pantalón corto blanco y una polera celeste. George vestía también un pantalón corto blanco y una polera rosada. El tutor andaba de vacaciones. Era una mañana hermosa mientras ellos contemplaban los árboles que se mecían alrededor de la piscina. Victoria no hallaba las horas de decirle a Alexander que estaba embarazada. Minutos después, ellos se sentaron a una mesa en la terraza de la piscina para desayunar. Victoria se sentó al lado de Alexander y al frente de su hijo. George desayunó leche con chocolate y pan con mermelada de durazno. La mermelada de durazno era su favorita. Alexander y Victoria desayunaron bistec con huevos, puré de papas, ensalada de tomates, y jugo de naranja. Mientras desayunaban, Victoria se dio cuenta que su hijo tenía los rasgos de Alexander. Ella pensó que cuando su hijo era más pequeño él se parecía más a ella.

—¿Te gusta el desayuno, hijo? —Victoria le preguntó a George.

—Sí, mamá, está delicioso.

—Te quiero, cariño —contestó Victoria muy contenta.

—Y a ti, ¿Te gusta el desayuno, mamá? —le preguntó George.

—Sí, cariño. ¿Quieres un poquito? —Victoria le dijo a su hijo.

—Sí —dijo George sonriendo.

Victoria le convidó un poquito de comida de su plato. Entonces, George le dio un pedazo de pan con mermelada a ella. Victoria besó la mejilla de su hijo y le dijo:

—¡Mi regalón, te adoro!

George la abrazó con fuerza y le dijo, —¿Por qué no me das un hermanito para jugar, mamá?

—Cariño, la cigüeña viene en camino —Victoria dijo sonriendo muy feliz.

Alexander miró a Victoria sorprendido, pero contentísimo.

—Mi amor, ¿qué dices? —preguntó Alexander con curiosidad.

—La cigüeña está en camino, mi amor.

—¿La cigüeña viene en camino, mamá? —preguntó George.

Lágrimas de felicidad le corrieron por las mejillas a Alexander cuando se paró, abrazó, y felicitó a Victoria. Alexander le dijo a su hijo que iba a tener un hermanito con quien jugar.

—Sí —gritó George muy feliz.

—Te quiero, cariño —Alexander le susurró a Victoria.

Entonces, ellos siguieron desayunando. A medida que avanzaba el desayuno, ellos se sentían más felices. Ellos dispusieron de decirle a todos sus familiares la noticia, pues sabían que se iban a sentir felices.

—¿Por qué no me habías dicho, mi amor? —Alexander le preguntó a Victoria.

—Quería que fuera una sorpresa, cariño.

—Cariño, te amo —Alexander besó a Victoria una y otra vez.

—Después de tanto rogarle a la cigüeña que nos trajera un hermanito para nuestro hijo, mi sueño se convirtió en realidad, mi amor —dijo Victoria.

—Mi amor, le diremos a toda la familia que la cigüeña esta en camino y nos comenzaremos a preparar para recibir a nuestro segundo hijo —dijo Alexander sonriendo con mucha ternura.

—Sí, cariño —dijo Victoria muy feliz.

Cuando terminaron de desayunar, ellos se pararon de la mesa y fueron a caminar por el jardín. De pie al lado de un rosal, Victoria y Alexander se deleitaron mirando a su hijo muy contento saltando alrededor de la fuente con agua.

—¡Cómo a crecido nuestro hijo! —dijo Victoria.

—Sí, mi amor —dijo Alexander mirándola con ternura.

Él abrazó y besó a Victoria. Luego, Alexander acarició su cabello rubio.

—Nuestro hijo crece feliz —dijo Victoria.

—Sí, mi amor. Y cuando tenga un hermanito será más feliz.

Ellos estaban preparados para la sorpresa de tener otro hijo. La felicidad se les notaba en sus ojos. Desde entonces, ellos eran más felices cada día. Era tiempo para decirle a su familia acerca de la cigüeña en camino. Ellos dispusieron de invitar a todos sus familiares para darles la noticia que estaban más felices que nunca por su hijo en camino. Era como si aquel día que Victoria le dio la noticia a Alexander y a su hijo de la cigüeña en camino hubiese llegado más felicidad, amor, pasión, y compasión en sus vidas. George estaba creciendo muy bien. Ellos estaban comenzando otra etapa más profunda de su amor duradero que los llenaba de felicidad. George besó a su madre y luego se puso a jugar al lado de ella y Alexander. Alexander miró con ternura los ojos de Victoria. Estaban llenos de felicidad. Entonces, él la abrazó y besó.

—La cigüeña me escuchó de darnos un hermanito para George —dijo Victoria.

—Sí, mi amor —Alexander dijo abrazando y besando a Victoria.

—¡Oh, te amo! —murmuró Victoria sintiéndose feliz entre sus brazos.

—Mamá, te quiero —George abrazó a Victoria y a Alexander.

Victoria y Alexander pensaron en comenzarle a comprar ropa a su hijo en el camino. Victoria se veía paseando a su hijo en un cochecito y bañándolo como lo hacía con George.

Alexander soltó una risita de felicidad mientras abrazaba y besaba a Victoria.

—¡Te ves muy hermosa, mi amor! —Alexander le dijo.

Ella lo miró y sonrió.

—¡Te amo! —ella le dijo.

—Soy el hombre más feliz contigo, mi amor —Alexander la besó.

Entonces, él tomó en sus brazos a su hijo y Victoria los abrazó y les dijo:

—¡Los quiero, mis regalones!

De repente, se oyó un sonido y voces que venían del callejón. El Range Rover de la familia de Victoria iba entrando por el callejón. Alexander, Victoria, y su hijo se pusieron más felices y corrieron a encontrarlos para darles la noticia. El vehículo se detuvo al frente de la mansión al lado del jardín. Los padres y algunos de los hermanos de Victoria bajaron y se saludaron de abrazo y beso. Alexander, Victoria, y su hijo estaban felices de verlos de improviso. Entonces, ellos se dirigieron a la terraza del comedor al frente de la piscina.

—¡Es un día muy bonito! —dijo la madre de Victoria mientras caminaban.

—Sí, hermoso —dijo Victoria.

Alexander y Victoria caminaron de la mano junto a los demás.

Muy contentos, ellos llegaron a la terraza de la piscina. De pie ahí, Alexander abrazó por la cintura a Victoria y dijo:

—Victoria y yo tenemos algo que decirles.

Todos los miraron intrigados.

—La cigüeña viene en camino —Victoria dijo sonriendo llena de felicidad.

—¿Qué hija? —preguntó la madre de Victoria.

—¡Voy a ser mamá otra vez!

Todos abrazaron a Victoria y Alexander felicitándolos mientras George se entretenía jugando y saltando con sus primos.

—Será tan bonita como su madre —dijo uno de sus hermanos.

—Una periodista como su padre y madre —dijo otro.

—O un "Donjuán" como su tío Gastón —dijo una de sus hermanas.

Todos se largaron a reír por esa broma.

Victoria sonrió muy feliz mientras Alexander la abrazaba y los demás sonreían muy felices al lado de ellos.

—Mi sueño de darle un hermanito a mi hijo es realidad.

Cada día me concentraba en que tenía que darle un hermanito a mi hijo hasta que la cigüeña me escuchó —dijo Victoria sonriendo.

—Sí, la mente tiene el poder de atraer lo que la persona quiere —dijo la madre de Victoria.

Todos miraban a Alexander y Victoria muy felices.

—Victoria, mi amor, soy el hombre más feliz contigo — Alexander besó a Victoria.

—Yo también, mi amor —dijo Victoria.

Enseguida, Victoria le dijo a un empleado que llevara botellas de champaña para brindar. En minutos, el empleado regresó con las botellas en una cubitera y las colocó sobre una mesa. Todos rieron felices cuando Alexander descorchó una botella y el corcho saltó lejos. Alexander llenó copas con champaña para brindar por el bebé en el camino.

—¡Brindemos por nuestro bebé en el camino! —dijo Alexander mientras alzaba y estrechaba su copa con los demás.

—Sí, por la bebé Victoria o el bebé Alexander —dijo Victoria, sonriendo.

Todos bebieron su copa de champaña. Victoria le colocó un poco de agua a su copa de champaña.

Alexander estrechó a Victoria entre sus brazos y la besó.

—¡Te quiero, mi amor! —le dijo Victoria.

—¡Y yo también, amorcito!

Enseguida, Alexander tomó de la mano a Victoria y dijo:

—Tan sólo nos faltaba un hermanito para nuestro hijo para que nuestra felicidad fuera completa.

Todos sonrieron y aplaudieron por la felicidad de Alexander, Victoria, George y su bebé en el camino. El sol brillaba mientras ellos disfrutaban felices cada momento la llegada de su segundo hijo. Alexander abrazó y besó de nuevo a Victoria. George corrió hacia ellos. Victoria tomó en sus brazos a su hijo mientras Alexander la abrazaba de atrás por la cintura.

—La primera vez que te vi, mi amor, sentí el flechazo del amor y supe que eras la mujer con quien quería pasar el resto de mi vida y tener mis hijos. Desde ese momento, mi mente estaba llena de amor por ti. Así mi amor por ti fue creciendo y enriqueciendo con el tiempo —dijo Alexander.

—Te quiero, mi amor. Yo también me enamoré de ti la primera vez que te vi. Me acuerdo que ese día que te conocí no pude apartarte de mi mente. Ese día en la noche cuando regresé a mi casa, me di vueltas y vueltas en mi cama pensando en ti. En mi mente, te idealizaba y eras el hombre perfecto para mi. Mi amor por ti fue creciendo hasta que se convirtió en amor y pasión duradero.

Alexander miró a Victoria a los ojos y la abrazó y besó.

—¡Eres mi felicidad, mi amor! —le dijo Alexander.

—¡Tú también, mi amor! —ella lo miró con sus ojos llenos de ternura y él la abrazó y besó.

Cada día, Alexander y Victoria se amaban, se interesaban más el uno al otro, y se conocían más. Desde la primera etapa de su enamoramiento, ellos se dieron cuenta que se entendían muy bien, se deseaban, y se respetaban. Después de un tiempo cuando ellos se conocieron más y se veían tal como eran, la pasión, amor, y el interés del uno al otro creció más y más. Aunque, ellos estaban en una relación amorosa duradera, ellos conservaban su individualidad, pues eso los hacía crecer más como pareja.

Ellos estaban más felices que nunca esperando la llegada de su segundo hijo.